U0031182

From Interest to Taste

以文藝入魂

時光悠悠美麗島

我所經歷與珍藏的時代

唐香燕——著

目次

contents

卷二——她所看見的那個時代

THE KAOHSIUNG INCIDENT, NOT SO LONG TIME AGO

【書序】想前事悠悠

這本書裡收有三十篇文章，以縱貫文章的時間來說，幾乎是從我初始有記憶開始，直到現在此刻。整理文稿時，不斷出現的是時間，需要考證的是時間。

那件事真的發生在二十年前、三十年前嗎？怎麼我覺得好像只是十來年前的事？原來過去那麼久了？

那個人走過我身邊，又寂然離世，是真的嗎？怎麼我覺得不是那樣的，那音容笑貌怎麼時在眼前，沒有消失？可是是真的，那個人真的在三年前，二十年前，或更早以前走過去了。

於是整理每一篇文章，都在跟時間糾纏。時間，時間，時間，我不放心的查了又查，生怕寫錯了時間。

我是極散漫的人，做事慢吞吞，反應慢半拍，講話速度不快，時間感不準，歷史感薄弱，宗教感也欠缺。但屬於美麗島世代的我置身這個波瀾壯闊的時代，身上確實發生了一些事，我用我慢速的時間攝影機攝下了一些影像。同時代，走在或走過我身邊的人，身上也確實發生了一些事，我慢悠悠的也朝向他們錄下了角度偏斜或失焦的一些畫面。如果看到那些畫面後，覺得我刻劃失準，渲染過頭，亦是沒法的事。

另外卻有朋友看到我寫的斷續章節後說：你怎麼記得這個？你記性真好！還有那個，你怎麼會看見！

我聽了都很高興，覺得受到褒獎。

雖然我看見我記得的常是碎布零頭，片面側影，縹渺氣息，空中遺音，不很重要的事情，那不是完整的大時代，也不是整部頭的大歷史，但我也就不想太多，慢慢一點一點的描繪下來。

芳草年年，前事悠悠，我所經歷與珍藏的人、事、物，寫下來後，竟可成書，書名《時光悠悠美麗島——我所經歷與珍藏的時代》。

卷一 —— 時代發生在她身上的事

The Kaohsiung Incident, Not So Long Time Ago

你叫明珠

一

二〇一八年，春節，在高雄，我又回到一村那棵大樹下。

四十多年不見了。二十歲，隨父母兄長搬離一村舊家後，一村很快被拆除，那些日式平房和歐式建築沒有了，各戶圍牆裡的草木花園沒有了，榕樹、橡樹、毛柿、菩提樹、木麻黃和芒果樹……沒有了，朱槿、茉莉、珠蘭、雞蛋花、夾竹桃和軟枝黃蟬……沒有了，我再沒有回去，因為什麼都沒有了。

沒有的那些，好像不算什麼，因為不值錢。地皮是值錢的，所以要拆除砍去地皮上的建物、植物，賣地皮。父親工作二十多年的國營企業臺灣鋁業公司是光復後承接前身——一九三〇年代成立的「日本鋁業株式會社高雄工場」——而繼續發展的，有過輝煌的年代，還在一九六〇年代拆除一村對面，隔一條馬路的二村、三村、四村等宿舍聚落和我的小學，另建名為新村的宿舍區在原來的一片農地上，將住戶遷移過去，而在二村三村等舊址上興建新的大工廠，希望開發新榮景。但因為原料等成本愈來愈高，經營不易，人謀不臧，新局難創，一九八〇年代末，這項國營重工業走到熄爐停產的終點。

可是二哥說經歷了種種變遷，小時候的一村什麼都沒有了，一村的大樹卻還在，樣子有點變了，但確實是我們小時候的那棵大樹。這是他的大發現，發現後他在那一帶轉來轉去，細細推敲，百分之百肯定就是我們的大樹，他要帶我去看。

過去的光景什麼都沒有了，我們的大樹卻還被新建築群包圍著，站立在新地景上嗎？

是大樹嗎？不是吧？我站在大樹前面說，怎麼我們都老了，大樹卻沒有以前大和高？

那是因為以前你小，抬頭看大樹就特別覺得它高又大，二哥說，現在它還是很大的，只是他們怕它長得太高太大，容易招風被吹折，常常修剪它吧。

這樣啊？我說，以前它的樹冠整個是圓的，像把大傘，現在沒那麼圓……不過倒還是綠森森的……

沒有錯的，二哥指點方位說，剛剛我們經過的啟智學校大門口，差不多就是以前一村大門口的位置，然後我們車子繞過學校進這條路，就差不多是開在一村圍牆裡的範圍，你看，我們從那裡大門口進了一村，一路走，經過俱樂部和醫院，就看見醫院前面這棵大榕樹。從距離和位置來看，不就是它嗎？是它，沒有錯！它就是我們的大樹！

俱樂部，醫院。是這樣的，二哥說的沒有錯，多少多少次我是走進現在的啟智學校大門口，從前的一村大門口，一路在菩提樹蔭下往家裡走，走過一條條巷弄口，走過俱樂部和醫院，看看路邊水溝裡活潑游動的蝌蚪，看看右手邊醫院門前的華蓋大榕樹，過了大榕樹後，往前走到第二條巷弄，右轉就到家了。

我耳邊響起無數雀鳥的啁啾鳴叫，那是牠們黃昏飛返我們大榕樹過夜時的鋪天蓋地回家大合唱。聽過、看過後就會懂得陶淵明寫的「眾鳥欣有託」是什麼意思。

來，妹妹來照相，二嫂說。

二

搬離一村的時候是一九七二年，父親已經退休，我們關上一村十九號的大門，搬到老鄰居和我的一些同學早已經搬過去的新村。新村全是西式連棟住宅，有獨門獨院的樓房，也有幾戶共一大門進出的公寓，我們住的是退休宿舍，四層樓雙拼公寓的二樓。沒有院子了，但公寓外面有小公園，去陽臺站站，也有些趣味。而且媽媽發愁了好久，怕沒有退休宿舍，結果分配到了，往後不用擔心住的問題，開心的。

多年來，父母親用一份薪水撐持日子，供四個孩子上大學，每到月底，荷包就探底，因此無多積蓄，老後又擔心住的問題，常常在談論。現在看父母展眉，我也開心，只是不管錢的人，心裡有些餘裕，忍不住會多思多想，在新村，我們不僅沒有自己的院子，還少了很多以前社區的公共設施如醫院、俱樂部、福利社、電影院。我們一村裡面那個莊嚴歐式建築前有撐天大榕樹的鋁廠醫院不是一般的小診所，它是各科俱全，還有開刀房讓醫生動手術的綜合醫院，我就是在那裡開刀出生的。

俱樂部是寬敞、優雅的瓦屋頂大平房，前面有舒徐寬闊的弧形車道，大人物坐了車來可以直接滑到大平房門口的簷遮玄關下車進去，下雨也淋不到雨。我最喜歡車道兩頭像畫軸般收卷結尾的磨石子圓墩，站上去，敞開手，像站在懸崖邊，或防波堤的頂端。

推門進俱樂部，迎面大廳是餐廳、交誼聚會所，又是過年團拜等喜慶活動的場地。

我小時候會跟母親在白天去俱樂部上插花課，分到一枝葉子或一朵小花，就在一邊隨意擺弄。我更常跟父親在晚上去俱樂部，他在大廳打橋牌或下圍棋，我在旁邊玩，等著跟他在牌局、棋局結束後一起分食一碗宵夜，紅豆湯圓，菜肉餛飩，擔擔麵，或是榨菜肉絲麵。那些麵點是我後來永遠愛吃的食物。

我玩什麼呢？夜幕下燈影閃爍的俱樂部跟白天不一樣了，搖身變成有許多幽微角落的神祕古屋，很安靜，很安靜。我會推門出來到迴廊上，繞彎經過理髮室、洗衣店，和一些關門熄燈的房間去圖書室。迴廊底是彈子房，如果哥哥在那裡打彈子，我會跟進去看看顏色像糖球一樣鮮豔的彈子在球檯上滾來滾去，努力滾進球網，只是我看一會就沒興趣看了，還是回

那時候，跟在父親身邊，我覺得父親玩的下圍棋，打橋牌，都是要動腦筋的遊戲，表示他數學頭腦好，會算會想，我好佩服好敬重這樣的父親。

到圖書室。在那個圖書室，我越過媽媽帶我去市立圖書館看的兒童書，進入什麼都有的書世界。

圖書室裡報紙雜誌很多，《南國電影》等電影畫報之外，《文壇》、《拾穗》、《今日世界》這些雜誌，我也看得進去。有不多幾排書架，從頭走到尾，總能夠找到看得下去的小說書，即便是讀起來磕牙齒、撞眼睛的翻譯小說像《咆哮山莊》，我也有辦法一字不漏的硬讀完，大概是情節太吸引人，開始不久，鬼魂就在疾風大作的屋外敲窗喊讓我進來，讓我進來。所以後來讀《紅樓夢》，就覺得舒服得不得了，即使我除了字，什麼都不懂。那個文從字順呀，漂亮的，太令人感激了！

原來有這個世界，有這樣的人，有這樣的事。一旦進入文字世界，也許要過好一段時間，才能走出來，眨眨眼，重新看見你真實的世界。再過好一段時間，你會發現有些作者創造的文字世界其實就是真實世界，只是他找到一個你沒有想到的觀點去注視、呈現那個真實世界。比方說鬼魂的觀點存不存在呢？在文字的世界裡是存在的。

哥哥還在打彈子，爸爸還在下棋打橋牌，那我會走下徐徐彎轉的車道，到前面植有多棵榕樹的大庭院，繞著那些森森的樹，在樹影、燈影裡穿行，在榕樹凸起的氣根之間攀行，假想我在書裡、電影裡看見的驚險世界冒險。

電影，我從小就愛看電影。我們社區有自己的電影院，電影院在一村前門馬路對過的三村裡頭，每星期放映不同的電影，爸媽常帶我去看。開始因為我太小，坐在座椅上，會被前面的大人擋住螢幕，我爸就為我特製一張輕便小凳放在座椅上，讓我坐在小凳上看。

晚飯後，牽著爸媽的手，跟許多朝同一方向走的鄰居，往電影院趕去，我簡直是雀躍要飛了，無比興奮，覺得空氣裡帶著急迫的電流。可不能遲到呀，電影要開演了，會看到什麼樣的明星和情節呢？散場後，大家放慢腳步，三三兩兩走回家，好像不怎麼情願離開電影院，魂還留在電影裡面。長大看到科幻片《第三類接觸》時，覺得各色人等被飛碟召喚，紛紛趕往暗夜曠野去的畫面好熟悉，在哪裡看過似的。可不就是我們，就是專心一意在燈影樹影下趕往電影院的我們嗎？

文藝片，恐怖片，滑稽片，偵探片，歌舞片，武打片，戰爭片，動物片，鬼怪片，災難片，西部片，間諜片，愛國片，歷史片，奇幻片，家庭倫理片，運動競賽片……我看過的電影可多了，幾乎什麼類型都有。所以，當我在俱樂部黝暗的庭院榕樹蔭下幻想我正主演的情節時，關於服裝、布景、對話等等的安排，我手上有不少資源。

那些時候，爸爸帶我去俱樂部的時候，我總是一個人，悠悠轉轉度過兩三個鐘頭吧，爸爸從來不擔心我，我自己也一點都不怕。榕樹下的冒險，迴廊上的漫步，圖書室裡的閱讀，全是我一個人，從來沒有碰上欺負我的壞人，從來沒有遇見另一個小朋友，我也從來沒有想過怎麼沒有別的小朋友來。好像那是一個只有我能去的，沒有壞人的地方。我看見的壞人都在書裡面、電影裡面。

現在想，簡直不可思議。要是我有女兒，絕對不敢讓那麼小的，六、七、八歲的女兒離開自己眼皮底下一分鐘。那個時候爸爸可以，他一逕沉迷在他的牌世界、棋世界裡，從來想不到要出來找找我，我有時候口乾了，便從我的幻想世界回到他的牌桌、棋桌邊，在他身上靠靠，喝一口他的茶，看他牌局未了，棋局方殷，就悠悠然滑離他身邊，自己做自己的去了。我自己一個人可以。或許因為爸爸就在附近。

或許我們就是這樣形成了特殊的、難得的關係：永遠不黏在一起，但永遠在一起。

在爸爸的氣場範圍內，我真是什麼地方都去，我跟著他去過位於一村內部，靠近籃球場的洋樓招待所和全用鋁板蓋的帳棚式鋁屋招待所，看遠來住宿的朋友，喝到他愛喝的好香的咖啡。長大一點，我還曾跑出一村後門，穿越過成功路大馬路，去他的辦公廳找他。

他永遠高興看見我，從來不罵我亂跑，會讓我自己去辦公廳周邊的大庭院玩。那裡好玩，草地，花木，水池，幅員寬闊，整理得乾乾淨淨，有大庭院的氣度。我光是在蓮花池旁邊繞著修圓角的矮矮水泥池沿轉圈圈，看紫的、黃的、粉紅的蓮花，就可以玩半天。

三

我現在想，我愈想愈覺得爸爸真是個不緊張的人。怎麼寶貝女兒穿過那麼危險的大馬路去找他，他也不罵一聲的！要是我，一定會罵的。

我是個沒有被罵過一聲長大的人，基本是在爸媽結界的範圍內活動，我生活的國營企業鋁廠社區讓我安全感滿滿的成長。孩子能平安長大，這應該是我出生以前，爸媽決定舉家由北搬移至南部時的願望吧。

我確實平安長大，三個英俊的哥哥也是。

我是哥哥們意外來的妹妹，跟他們的年紀差了一截，一截，又一截，雖然不大能玩在一起，但他們都疼我，不論是小時候追著吵著說我好寂寞，來陪我玩的時候，還是長大給他們惹麻煩的時候，他們都疼我，總照顧我。三個哥哥。我周圍的朋友，沒看見誰有三個哥哥的，就我有。還有同學說三個哥哥跟我站在一起，我像有張龍、趙虎等三個保鏢一樣。

然而，我很小的時候就會說我好寂寞，並不是胡亂撒嬌編假話，那是真的，寂寞是一種很真切的感受，彷彿可以說是存在的寂寞。最小的獨生女跟家裡所有人都有段不小的年齡差距，雖然大家都會耐著性子陪我玩一會，但大家總有各種事情要忙，就算我生氣掉眼淚，也沒人能夠一直陪我。大些，我在文字和影像的世界找到很大的滿足，只要我召喚，那個世界會一再重演，不斷更新。我還愛上狗，小時候我為了廣東人鄰居家的一條毛毛大黑狗，每天都跑去他們家，登門後不管人，直接去找狗。我跟大黑狗一起躺在地板上，抱撫著牠，跟牠說很多話，我覺得好奇妙，世界上怎麼會有這麼可愛的動物！媽媽大概看我是真愛，又覺得我成天黏在人家家，太過打擾，於是我們也養了狗，白色狐狸狗。

朋友對我也很重要，小時候吃過晚飯天黑了，為了找我朋友玩，我可以一個人出門，跑過幾乎沒人走動，只有暗影幢幢的好幾條巷子，到朋友家。我們玩扮家家，看故事書，或者去外面籃球場溜冰滑輪鞋。我的四輪冰鞋寄放在家近籃球場的朋友家，有時候她要寫功課，我就自己開她家側門，去籃球場滑。籃球場沒有人打球的話，燈就不開，一片黑。那也不妨事，我一個人在暗裡也可以滑，且不時虛擬實境，盡情模擬著爸媽帶我去看的美國白雪溜冰團的美技，燈光，舞影，冰花，於黑暗中璀璨再現……

玩了一兩個鐘頭後，媽媽不一定會來接我回家，她來的話，我好高興，因為又可以在媽媽們講話的時候多玩一會。她不來的話，我得自己穿過暗影幢幢的幾條巷子，一個人回家。因為害怕，我總是一氣不停跑得飛快，但我從來不說害怕，也沒有人曉得我害怕。

我就這樣與寂寞對抗著長大，長大竟然變成很喜歡自己一個人的人。

這樣慢慢長大的我，在家裡，有一種地位，就是大家都把我當回事的地位。最小得寵，但還是寵得有點過了，有時候會讓我有點不好意思。我不是多漂亮，多聰明，但只要有一點點「嘉言懿行」，爸媽就會得意稱讚，捧上天去。小時候不知道這種待遇特別，長大後想想就想不太明白了。再後來聽說上海人好像有寵女兒的傳統，女兒不是賠錢貨，不是用來招弟的，很多上海人家的女兒都小時候是公主，長大了是皇后，出嫁後在夫家有聲音，回娘家也有聲音，大家都要聽聽的，我才知道原來爸媽是承襲了優良傳統，並發揚光大，哥哥也不抗議，都很高興的接受傳統！

嫂嫂們對我也好，總授我以溫言笑語，或做好吃的給我吃，媽媽的大菜小菜，都在她們手底下再現。我回臺北，時或帶著吃食回來。有時吃食裡還夾帶手寫說明，告訴我要怎麼熱來吃。

我，受寵若此。

印象中，大哥唯有一次對我端著臉講話，他因為不習慣，有點緊張，聲音都變直了。那個時候，先生陳忠信剛坐完四年政治牢出來，我們一起回高雄，先隨兄嫂上墳跟爸媽報告，然後大家要去餐廳聚餐。掃墓行禮後，大哥一端臉說話了。他說小妹，你們現在要打算一下，陳忠信要去好好找份工作，嗯～知道吧？這不是隨隨便便的事，要緊的！

我說好啦，會的，你不要擔心。大哥就說不下去了，又對著我文文的笑起來，說好，去吃飯。

可是我當然知道大哥的意思，和二哥的意思，三哥的意思。大哥剛緊張的說小妹兩個字，我就知道他要說什麼了。前途未明，確實不是隨隨便便的事。

二哥也說過我一次，那時候陳忠信被抓，媽媽生病要開刀，大家心裡都急，不知道怎麼說的，二哥怪起我們去搞政治，不曉得爸爸當年就是要躲政治嗎？我心裡抱歉，但是嘴巴不讓，兩個人就大聲起來，把一旁的二嫂急壞了。我們兩個大聲講話就那麼一次。我一下就不氣了。我怎麼能氣二哥。他的壓力太大了。而我，當然有責任。二哥不用問，當然也一下就不氣了，他是個心胸開闊的海派男兒。

哥哥啊，當然會想點撥我，哥哥跟爸爸媽媽是不一樣的，他們的寵愛裡帶有「我是哥哥噢～」的意味，所以是哥哥嘛！很小的時候，有一次我在爸爸面前開心轉述爸爸說給我聽的事給三哥聽，講到爸爸，我就說他怎

剛上初中的我過年隨父母去俱樂部團拜後，與一群鄰居長輩走在一村的大路上。是正式的日子，男士都穿西裝，女士都著旗袍，外罩大衣。而我，還是父母的小女孩，還會跟著他們參加大人的活動。

麼樣，他怎麼樣……爸爸微微笑著聽，不言語，三哥卻馬上點撥我說什麼他啊他啊的，不禮貌！

他不解釋，但我馬上懂了，在爸爸面前說他啊他啊的，彷彿爸爸不在眼前一樣，簡直得意忘形，目無尊長，用語粗魯，不可以的。

小時候，我還發覺一件事奇怪不解，常常纏著爸媽問為什麼？為什麼哥哥都有小名叫明什麼，明什麼，只有我沒有，為什麼？

爸媽光笑，講不出原因，只說你的小名就是妹妹嘛。我就更纏著問，用上海話講是很煩的「繞來～」，鬧得旁邊的三哥受不了了就說妹～呀，你也有明什麼的小名，你的小名叫明爸，因為你生日的第二天就是父親節，所以你叫明爸。

難聽死了，這什麼名字啊！我生氣不要。三哥又說那再另外幫你起一個好了，你叫明珠，因為你是爸爸媽媽的掌上明珠！

有點俗氣，但意思是對的，無可辯駁，我也就不鬧不繞了。

大樹下的原點

一

在臺鋁一村，我一邊受寵長大，一邊知覺到我生活的場域跟很多同學的環境不一樣。同樣是被圍牆圈包起來的社區，但我們這裡是精心設計出來的，和一村隔壁急就章的君毅里眷村不一樣，和我後來去過的臺北同學住的眷村也不一樣。

我曾經以為臺北人的住居環境一定都很好，去過住眷村的臺北同學家，才知道不一定。我家有洗澡間。洗澡間很大，在一格格霧玻璃拉門裡面，比屋裡其他地方低一階，窗下有水泥砌的大洗臺可以洗頭洗衣物，洗過澡，把大洗澡盆一翻，水就嘩嘩朝大洗臺底下的漏水口奔去，不虞積水。眷村同學家洗澡是在水泥地吃飯間，洗澡時要盡量小心別潑溼桌椅家具。同學媽媽叫我洗完澡別管洗澡盆裡的水，她會處理。

我家還有廁所。那時候我還沒見過抽水馬桶，我以為廁所多半都是像我家那樣的。我家的廁所分二進，打開門進去的外間，臨窗設有小便斗，再走進去開開內間的門，裡面有蹲式廁所。不過我爸不習慣蹲著上廁所，我媽說因為我爸的小腿比大腿短些，蹲著不舒服。那可怎麼辦？我爸的辦法是找人做了個挖洞的木頭座放在蹲坑上，讓他，還有我們，都可以穩穩坐著上廁所。

大概我爸是讀工科的，所以有這巧思，解決了原設計者日本人沒想到會有的問題。

臺北眷村的同學家沒有廁所。我想上廁所時，她帶我出門走過幾條巷弄口，到臨靠村子圍牆的一處公共廁所去。公共廁所很臭，又不太乾淨，如果住在家裡，一天要上好幾次廁所，就得在光天化日下或黑天黑地裡跑這很臭又不太乾淨的公共廁所好幾次。肚子痛，急著要上的時候，就得捂著肚子在路上急奔。不然就是要在家裡準備小馬桶，上過幾次快滿後再端去公共廁所倒。一個村裡那麼多人，早上起來都要上廁所，那大概還要排隊吧？

我那時候在驚訝之餘也很高興，知道同學邀我去她家住，真的是跟我好，不見外。

我的另外一個感覺是，怎麼我有點像是貴族？那個時候沒有「高級外省人」這個詞，如果有的話，我可能會想一想自己算不算是。

我以為像我家人那樣進洗澡間，進廁所是理所當然的事，只因為我出生就住在日本人於一九三〇年代新蓋的房子。日本人認為洗澡、上廁所是生活要事，不可輕忽，好好的安排了汙水通路，又在地底下挖了很深的糞坑。定期會有載著深大木製糞尿桶的牛車來到我家門前的煤渣巷停下，工人持長柄杓和一擔兩桶進入側院，打開糞坑蓋，一杓杓淘起坑裡屎尿，倒進桶子，然後一肩擔雙桶，出側院，上牛車，嘩啦啦倒入比我小人高好多的大糞尿桶。

日本人認為上廁所當然是在家裡上好，早上起來，在家做好種種私密事多簡便爽快，所以一開始在設計房子的時候就規劃好不同等次、格局的每一家的糞坑位置，和挑糞出入的通道。這樣開挖打造當然比較費工麻煩，不比在村子裡單設一座公共廁所，開挖什麼的都在一小塊方地上，那真是太容易了。只是全村都去一處上廁所，不符合日本人的生活美學和合理精神，他們選擇開頭施工麻煩，日後生活方便的做法。而且他們是要長久占有臺灣之地，不是只來一兩年就走的，眼光大概望向一百年後，凡事有計畫，有藍圖，連水溝都挖得又深又闊，砌得平平整整，南臺灣的暴雨下落地時，路上的流水總是很快就由水溝排走。

帶著大批軍民同胞潰逃來臺的國民黨政府想的是要反攻大陸，臺灣彈丸之地只是暫時落落腳，大家總有一天要扔下這裡回家的，當務之急應該是先讓大家有地方住，至於廁所，有的上就好，水溝這種小事，且不去管他。種種小事不掛懷，大概二十多年有，很多喝黨國奶水長大的孩子，二十歲了，回家還是要上公共廁所。

我住的日本式社區，公共設施一應俱全，差別規格一絲不苟。那是個差別等序絕對嚴明的住宅區，什麼職等身分的人，住什麼規格大小的房子，沒有例外。臺鋁承接日鋁後，公司管理的法則學到多少我不知道，倒是順理成章承接了這一套差別等序嚴明的公司文化。

住一村、二村的是高職等的人，房子大，帶圍牆，有院子，但這裡的房子也不是全部一般大。以一村來說，從大門進去，愈往裡走，房子愈大，院子當然也比較大，花木更加繽紛多樣。大樹在一村中段的位置，中段前後的房子，大小規格有明顯的差異。中段之後的房子也有差異，愈靠近裡面的籃球場、招待所，房子、院子愈大，玄關軒敞，側院或還附有佣人房小屋。

以前住一村、二村的，無疑都是日本人，臺灣人住三村、四村……臺灣光復，臺鋁接手日鋁後，這種情形基本上沒有變化，臺灣人還是住三村、四村……住一村、二村的好像都是外省人，因為外省人職等高，臺灣人升不上來。

懂事眼睛會看，又靜靜聽父親跟母親說的一些話以後，這些狀況不用問就知道了。狀況不是不會改變，但得有人推動。父親由科長升處長後，科長缺有很多人爭取，但父親別有所見，力薦一位高層沒有想到的本省人陳伯伯，父親說那位陳伯伯敦厚認真努力負責，絕對是最適任的人選，他如果做不好，我唐某人負責。職缺發表，跌破大家眼鏡，升科長的竟是陳伯伯，父親非常高興，說這就對了。

這些事，我都是聽父親跟母親說的。我的耳朵，常常黏在他們身上，他們都不曉得。

多年後，父親過世，那時候母親已去，故舊也少，出殯送父親到郊野墓園時，我看見壯實敦厚的陳伯伯不辭路遠，相送至墓前。儀式結束，他過來叫我一聲妹妹，訥訥沒有別的話。我眼淚掉下，叫聲陳伯伯，別的話也說不出，心裡感激他記得父親。

事情會改變，但得有人像父親那樣來推動，在完全沒有人推動的時候來推動。

這件事，我很小的時候就知道。我在一村那個家裡，在父母親跟前跟後，懂了許多事。

我家，是在過了大樹以後的後段區域，房子不是最大等級，但有前後院和側院。我家房子前面是煤渣巷子，巷子對面隔了道朱槿花籬，花籬裡面是塊三角形地，不適合蓋房子，就種了羊蹄甲、椰子、芭樂等許多花樹植物，所以我家前面沒有房子，靜中取靜，地點獨特，那塊三角花園幾乎像是我專屬的園地。

我會在三角花園裡跑來跑去，有小朋友說在裡面撿到過蛇蛋，真可怕，幸好我沒看過。但我多半不想這些，還是悶頭鑽過比大人都高的朱槿花籬，到三角花園去。我最喜歡在裡面一直跑，跑到三角尖端那頭，爬上高高堆疊起的大水泥塊，攀牆探看牆外。我會看到一村隔鄰君毅里的外牆，他們的外牆和我們的外牆外頭是一大片大概一人高的紅土，紅土上面一片空無，什麼都沒有，好像熱得在冒煙，鳥都不來落地站站。紅土，應該是用鋁礬土煉鋁後產生的殘渣，有毒，但那時候不曉得，只覺得莫名的怪異，那片紅土高原像是熾熱的世界盡頭，我在任何電影裡都沒有看過的世界的盡頭，但在圍牆的這邊，卻是綠意燦然，生機滿滿。怪異就在這裡：世界是可以這樣被隔斷的嗎？

所以我要一再一再的跑到三角尖端那頭，爬上水泥塊，攀著牆頭，確認再確認我的疑惑還在，還在。

現在沒有一村，沒有臺鋁，也沒有紅土了。失去也有值得慶幸之處。二哥二嫂帶我去看大樹那天，我在大樹下眺望著從前紅土高原的方向，大概就是掛著「大船入港」廣告牌大樓再過去的紅樓房那一帶吧？

二

其實一村位於重工業城的重工業地帶「獅甲」的心窩窩裡，住在一村並非住在世外桃源。世外桃源不會有那麼壞，且愈來愈壞的空氣。我家不遠處還有臺肥、臺鹼、硫酸錏等

我二十歲以後，全家才搬離一村的日式平房。小學時，我家的第一隻狐狸狗雪莉在平房的院子裡吃下人家丟進來的有毒肉食而猝死。我第一次感受到人心險惡。好多鄰居來安慰我，家裡擠滿了人，大家都知道唐家妹妹傷心了。我因此也感受到人心溫暖。後來我們又養了一隻狐狸狗小琪如圖，小琪跟著我們搬離一村，住進公寓，牠在公寓裡自然老死。

大型工廠汙染源，高中放學回家，不時看見村裡飄著氣味酸臭的濛濛白氣，我捂著鼻子，心裡又氣又難過，怎麼我家這裡變成這樣了？我們的好樹好花哪裡抵擋得住惡臭惡空氣！這樣要怎麼住下去？我愈大愈知道高雄的文化空氣很差，臺北人可以看到的表演，可以參加的音樂會，多半與我們高雄人無緣，不過沒有那些，忍受著還可以過日子，真正要吞吐的空氣竟讓人沒法好好呼吸，就真是要窒息了。

也只能住下去，回家會覺得空氣不那麼可怕。常常我一進家門，脫鞋上了地板，把書包一扔，就倒在地板上仰躺半天，好像傷重力竭，快要不行。地板接地氣，可以救命，七、八分鐘後，我又呻吟著活了過來。媽媽說冰箱裡有綠豆湯要不要吃？要的，一碗下肚，我活蹦亂跳起來，暫忘空氣問題，覺得日子還不錯。

終於我還是離開了高雄，在大學畢業，回高雄教了兩年書以後。我一路北行，先至臺中，後到臺北，在臺北一住住到現在。住在臺北的年月，遠超過高雄歲月，我在臺北買了居住的房子，我在臺北投票，我在臺北經歷了很多事情，雖然不是夙夜匪懈，但也算是全力以赴，生活讓我變了很多，不過早年在高雄形塑成的最核心的那個我還在。而高雄，是大船掉頭，是華麗轉身，她也在變化。

又見大樹的那一天，二哥不僅帶我重新踏上大樹倖存的一村舊地，還帶我重遊以前的二村、三村、四村那一帶。那一帶，從前除了有以圍牆或樹籬相隔的日式平房宿舍，還有禮堂、電影院、幼稚園、小學、操場，曾經是我幾乎每天都會去的地方。

我跳舞的舞臺，上課的教室，學騎腳踏車的操場，興奮觀影的電影院，熟悉的一些人家宿舍……早在我中學時代就遭廢棄，土地另有他用。一九六〇年代在這裡興建大工廠，是臺鋁最後的奮力一搏。雖然之後不到二十年就收場，但當時怎能預見，大家都以為這下公司轉危為安沒問題了。

一九八〇年代末，臺鋁關門廢廠，大概象徵重工業城初始的改變。不過改變如同大船掉頭，一點一點，非常緩慢，到新世紀的二〇一〇年代，二〇一八年春節，我回到我出生之城，跟隨二哥，看見當年的二村、三村舊址，已經起了好高的大樓叫中鋼集團總部大樓，又有好大一片商城叫「ＭＬＤ臺鋁生活商場」。

哈哈怎麼樣？二哥帶我在人山人海、紅男綠女中轉來轉去說，這兩年的變化很大吧？你看你看，順著那邊兩排房子中間巷道看過去，頂頭對著我們的那棟戴帽子樓房，就是啟智學校，往裡面去就是我們一村。你看懂了沒有？大樹就在那裡，但是被樓房擋住了。

二哥把腦海裡新的和舊的兩張地圖疊合在一起，輸入我有些混亂的腦袋，又強力指引說再來，再來，妹妹你再來看看商場裡面，看得出來吧？這裡以前是我們臺鋁的工廠！

嗯嗯有點明白了。我們老哥老妹在以前的工廠裡面合照，非常高興。二哥說妹妹你抬頭看，怎麼樣？看出來了沒有？屋頂的鋼骨結構都保留還在，這叫工業風，很氣派吧？

我笑了出來，因為沒想到二哥會說時髦的新詞「工業風」三個字，又趕緊同意說嗯嗯，真的很氣派。

以前的工廠，我沒來過，但是我看過，在照片裡，在一張五十多年前拍的照片裡。那是大工廠的落成典禮，爸爸去參加，好多穿旗袍的招待小姐拉著爸爸一起拍照，爸爸笑得好開心。

我立刻在心裡調出那張我一直好喜歡的照片：鶯鶯燕燕的女士們，身上都是一襲一起訂做的盤扣白旗袍，還都配戴紅色胸花，穿高跟鞋，綺年玉貌，各有手姿，簡直跟《南國電影》裡的女明星沒兩樣，她們簇擁著爸爸拍照，爸爸多得意啊！遠處還有一群男子鬼頭鬼腦擠在鋼柱邊偷看這些花樣女子，他們一定好羨慕爸爸！

大燈雪亮，典禮就要開始，工廠就要開工，大家還當盛年，多好的一天，多美的時刻。

多拍點照，妹妹，二哥說。

好，多拍點照，在爸爸站過的地方，在現在的生活商場，以前的大工廠，在更以前的二村、三村裡面。

三

謝謝二哥做我們的時光導遊，春節這一天，由他帶著，從現在迴遊到過去，又由過去飄遊到現在，數十載的光陰，就在我們腳底下溯迴往覆。

臺鋁在一九六〇年代興建的大工廠，現已消失不存，原址更新了風貌，是「MLD 臺鋁生活商場」，在商場抬頭朝屋頂看，可以看見大工廠原來的鋼骨結構。而我，看到的更多，我看到爸爸，和好幾位如花女子，言笑晏晏，遠遠立在那鋼骨結構下。

母親和父親先後大去是在我三十上下還年輕的時候，小時候我一直害怕會發生的事情發生了。很小我就知道我的父母比同學的父母年紀都大些，我是在他們不年輕的時候出生的，我總擔心他們什麼時候會撒手離去，比別人的父母都早走。常常我在陪著躺在身邊的母親睡著後，悄悄爬起來，伸手到母親鼻下，探觸她的鼻息。啊，她在呼吸，她還活得好好的。確定後，我就放心躺下睡著。

應該怪我沒能讓他們最後的年月過得平順。我曾經是他們的快樂和驕傲，後來卻成為他們，特別是母親的憂慮之源。多麼希望他們看到我跨越難關，渡過惡水，多麼希望他們在我再大幾歲，在我過了中年以後才走，那樣我可以讓他們看到我的兒子，我的兒子有外公的數學頭腦，有外婆的創造力，那樣我可以讓他們看到我的書，我的書寫了許多與他們相關的往事，那樣我可以讓他們知道雖然我辛苦過，但也有不少開心的事，那樣我還可以陪他們去哪裡走走玩玩，那樣或許我就比較能夠接受他們離去，告訴自己父母和孩子共有的歲月是天定的，不能強求。

現在我已經過了中年，六十以後，就這兩三年，我又先後失去了大哥和三哥。我只有二哥一個哥哥了。但我已經過了中年，歲月和歷練應該帶給我能夠接受失去，接受人生成、住、壞、空歷程的智慧吧。

但我發覺不是的，我差得還遠。

大哥先走。大哥是久病走的，看著他一年年病弱，我和其他家人一樣，比較有心理預備。最早他車禍傷了腦，漸漸的人都不認識了，只認得他的愛犬嬌嬌，大嫂心急，我們也覺得情況不妙，後來他在動了腦部手術後恢復神智，一提嬌嬌就笑，而且又認得我們了，可身體一直恢復不過來，逐年往下坡走。

三哥生病，走得突然，之後我就老在心裡頭算，那之前，什麼什麼時候，也沒有多久以前，我們回高雄，不是還一起去橋頭糖廠，去駁二特區？不是還好好的，沒什麼事？

算算時間，無奈放下，繼續過日子，不久又想起來，還是想不出個頭緒。

我幾乎不對人說他們已逝的事，從我的嘴裡，很難說出這件事。有幾次先生那邊的兄長家人在聚會時問起「你哥哥他們都好吧？」，我都嗳一聲，含糊點頭帶過去。我就是說不出來。好像說出來，就是再一次送他們走，就是更確鑿的送他們走，而我會在大家歡喜的場合失態。

先生說你怎麼不說呢？問你，你應該說啊。

我知道。我這樣嗯嗯啊啊，胡亂應付，是不對的，我都可以想像大哥、三哥在我背後搖頭，一個說小妹不曉得怎麼搞的，不是很大了嗎？怎麼嗯嗯啊啊，聲音像蚊子叫？一個說妹妹好差勁，這麼大了還是真沒用，要她講個事情都講不來。

後來二哥說起三嫂在三哥走後，好像沒走出來，也不跟鄰居說三哥走了，一天天在家裡悶著過，這樣不行的，人走了就是走了，要接受啊。我聽了頻頻點頭，同意他的話，很擔心三嫂，心想不知道有沒有辦法同她講講。

過兩天我忽然想到我不也是有點像這樣的？就是說不出，不想說。

三嫂在筆記本裡從頭一樣樣寫下以前的事，她寫了又寫，寫得很細很細，她跟我說。

是這樣的，文字可以說出語言說不出的事。有時候行動也可以說出語言說不出的事。跟著二哥，讓二哥帶著這裡走，那裡走的春節這一天，我領會到好多他沒有說出來的情意，我想起他也是在鋁廠電影院看電影長大的人，他還曾經有過收存一頁頁電影本事的習慣。二哥，發福的二哥，曾經是個多麼煥發的耀眼青年，而現在，他是個多麼帥氣的時光導遊！

我想起父親故去，喪事結束後，那天早晨，我要離家回臺北了。二哥引我到父親供桌靈前，讓我上香鞠躬，跟父親說我要回去了。我舉手上香，喊聲爸爸～喉嚨就堵塞住，半天說不出一個字。然後我聽到旁邊的二哥大聲用上海話代我說了。他用上海話喊父親ㄚㄚ，他說：ㄚㄚ，妹妹要回去了，伊要回去上班，臺北好多事體要做，弗好請太多天假的，儂放心，伊好好的，沒啥事體的，吾伲都會照應的，過個幾天伊再回來看儂好伐？

二哥一開口，堵在我喉嚨裡的那團東西就化作眼淚水流下來。因為感激，因為我好辛苦要說說不出的話，他自自然然替我說了，因為他說的那幾句話字字清楚。通常一般人跟亡者說話，話語都含含糊糊藏在嘴巴裡，因為雙方明明白白相隔兩界了，話真不好說。可是二哥說那幾句話就像是平常跟爸爸講話一樣，好像爸爸還在，就坐在我們面前。他的語調拉高一點點，大概他稍稍意識到爸爸有年紀了，所以要多用點力讓爸爸聽見。由他的話，我看見了爸爸，不僅是爸爸的形象，還有爸爸的心思，爸爸的掛念。他至誠的話，是牽引，輕易把我引到爸爸媽媽面前，引到已經消逝的情境裡面。

我的語言能力很差，不會說父母的家鄉話，臺語也疙裡疙瘩說得不成樣。二哥是個語言天才，他不但上海話很溜，四川話、湖南話都學得很像，臺灣話也說得標準不打結，大概把他丟到哪裡去，他都很快會講當地的話。以前在家裡，只有大哥和二哥能用上海話跟爸媽講話。以後，在家裡，二哥只能在這種時候講上海話了。而我，在家裡，也只有在這種時候才能夠聽到二哥單向講的上海話。

我跟嫂嫂們聊天，都說現在二哥是我們家的寶了，好珍貴的寶。二哥這一天的熱情導遊，正印證了我們的感覺。

謝謝儂，二哥，港都高雄，我們家人，我的原點，曾經存在的，已經消逝的，正在發展的，我都好好的看見了。

公主時代

翻老照片時，有一張特別讓我注目良久。

啊，我讚嘆，這小洋裝，絕對是有史以來我最美的一件衣服，手工，設計，配色，質感，都有高水準，是母親的巔峰之作，後來，我長大以後，穿過這麼美的洋裝嗎？

衣服穿在身上的感覺，忽然回來了。清潔乾爽的棉布新衣服，剛好可體，領子、袖子、胸口，都不鬆不緊，讓頭手身子有活動的餘裕。裙子打了褶，自然蓬開透氣，跨步時輕拍大腿，又不妨礙動作。真是件好衣服。

還有顏色，也真好看。綠、白、紅、褐的細條紋，好清爽。哪裡來的？這麼好看的布。衣服上身的條紋，還費工拼接出V形圖案。另外，上衣的頂端，母親給配了白色小翻領，裙子的下襬，鑲上白色同布寬沿，寬沿下緣，一個圈子繡了紅色花葉。照片上看不清楚，但是白領子上也繡有紅色小花。

可是，我很快就長大不能穿這件出客衣服了吧？這件洋裝大概只穿過不多幾次吧？為了這麼幾次，費那麼多功夫。一個普普通通的小姑娘，母親當成小姐來養。

母親下手，真是一絲不苟。我腳上有相配的皮鞋、襪子，頭上有大紅蝴蝶結。那蝴蝶結的尾巴特意打得長長的，風吹過來，會在後腦勺上飛揚。

記得那種感覺，蝴蝶結是活的。

所以，衣服很快不能穿了，但是感覺留下來了。

蝴蝶結輕拍後腦勺的感覺，裙子輕拍大腿的感覺，整體搭配的顏色在陽光下躍動輕揚的感覺，都留下來了。

穿著新衣服的那一天，爸爸輕輕鬆鬆單手就抱起我的那一天，陽光好大好亮，亮得讓人睜不開眼睛，但媽媽就算在大太陽下睜不開眼睛還是好漂亮的那一天，留在這一張和另外幾張老照片裡。

還有一天也留下來了，那天爸爸媽媽帶著一臉傻相的我，去我們村子裡的俱樂部。我是有車代步的，爸爸腳踏車上有我的專屬座位，他推著我慢慢走，神色怡然，而媽媽穿簡單素色的布旗袍，也那麼好看。

鄰居媽媽和鄰居姐姐也在俱樂部的大院子裡。大家去那裡，是有事嗎？我完全不記得了。我也不記得身上那件洋裝。但是家裡一直有張奇怪、染色的照片，標記出那天好像蠻特別的。照片裡，我的鞋子和嘴唇都被染成鮮紅色，像要登臺演戲一樣。我還戴了金色項鍊，我自己大概覺得挺美的。不過媽媽做的粉色小洋裝，有蓬袖、花邊和刺繡的紅花綠葉，真的是精心傑作！

怎麼媽媽會有時間給我做衣服？我真想不通。光買菜、做飯，就夠累人的，怎麼還有力氣買布、裁剪、車縫，繡花……我覺得不光是因為她有愛有能力，還因為她有興趣。因為她有設計、製作的興趣，

這張盛裝照是在別人家的院子拍的，那天媽媽穿了綢料旗袍，所以應該是有什麼特別的事，爸媽帶了我上門作客。看我小時候的照片，常看到手裡邊握著捲什麼，那是大哥特別為我用手帕做的老鼠。手帕老鼠在大哥手裡是活的，會一跳跳到我身上，我好喜歡。因此我盛裝出門，常隨身帶著大哥的傑作。

所以她不會給我車個布袋套上身就滿意，她要另外來些花樣。

所以我看見照片裡，我跟爸爸參加公司旅遊去鵝鑾鼻時，穿著紅底白點，兩邊大翻領各緄三道白花邊的小洋裝。媽媽擺布那三道白花邊的方式，真真用心有一套！我再戴頂草帽，就跟去看賽馬的英國上流仕女很像了。

在另一張照片裡，早上我起來，還沒梳洗吃早飯，就去院子看滿地草尖尖上碎鑽似的露珠，和新開的大玫瑰花。媽媽配合我從小就有的詩情畫意，外頭給我披的是件擋風寒露水的黑紅格子絨布晨衣。

晨衣噢！我現在還是有詩情畫意，早起見陽臺新開了花，還是會出去看看，但身上罩的不是破舊襯衫，就是破舊外套。要是那天沒出門，我就穿那樣過一天。

媽媽怎會給我做件晨衣穿，到現在也不解。但是我記得穿那件晨衣的感覺好舒服。袖子寬，下襬鬆的晨衣，也是件好衣服。沒有外人在的時候，也可以穿好衣服。小時候，我是我們家的公主。

冬天的出客衣，媽媽也給我做。

有一年過年我穿一件紅毛線打的連衣裙，頸下、袖口、下襬有環環黑毛線花邊，皺褶也打得很漂亮。媽媽敢用顏色，設計也活潑。不過我記得穿起來有點毛毛刺刺的，

過年，盛裝出門，這次我手裡拿的好像是誰給的橘子。媽媽在花綢旗袍外穿著淺色絲瓜領一口鐘短大衣，搭配完美。爸爸則健朗帥挺，氣宇不凡。我的爸爸媽媽都好看。

不大舒服。但是過年嘛，就忍耐一下嘍。過年全家出去走走，還一起到村子上方的亭子——我們叫亭子，其實原先是日本人的神社——去照相。

爸爸又帶我們去他辦公廳的大庭院玩玩，草地、花棚、蓮花池，都走一遍。

媽媽總是清雅漂亮，身段也好。我則歪著脖子，因為走熱了，毛線領子愈發刺得脖子癢。

所以，毛線洋裝只得這一件，以後媽媽只打裡面可以穿有領襯衫的毛線衣或毛線背心了。

小學時候的一件深藍、暗紅和白色格子圖案的毛線背心，是持續至今的最愛。可惜有天放學時覺得熱，就一面跟同學說著話，一面把它脫下來，斜掛在書包上，到家時發現掉了，回頭去找，卻沒有了。長大後我買了很多件毛線背心，可能是在繼續尋找失落的那一件吧。

小學畢業以後，媽媽還不時給我做衣服，裙子，洋裝，都有。醜小鴨一樣的我，非常挑剔，總覺得媽媽做的衣服，款式太花俏，花邊什麼的太累贅。媽媽大概覺得束手束腳的，給醜小鴨做衣服真的很難。她一定很懷念之前那個總是開開心心接受每一件她精心手作服的小女孩吧。

我也懷念，懷念有一組照片裡，那個開開心心穿著媽媽做的，有兩層闊花邊的粉紅小洋裝，跟著爸爸媽媽哥哥和乾媽、乾姐好多人，一起去後來改名澄清湖的大貝湖遊園、野餐的小女孩，懷念那個爸爸壯碩，媽媽豐腴，都有好風華的時候，懷念那個可以無憂無慮倚靠著爸爸媽媽的時候。我的公主時代。

雛鳥之聲

上小學後，我的第一篇作文是〈我的媽媽〉。全篇作文，我還記得一句，因為這一句讓我的媽媽太感動，太滿意了，她跟很多相熟的鄰居朋友轉述這一金句，轉述的時候，我常常都在場，頭低低的，有點不好意思，有點高興的聽著，以至於，往後幾年寫的作文都散落到歲月的黑洞裡去了之後，這一句，聽了太多次的這一句，卻每個字都拴得緊緊的沒掉落，都記得。是：

……一針一線都充滿了愛……

媽媽能幹，所以寫媽媽的這篇作文，我大概寫了媽媽怎麼會理家燒飯，怎麼會做衣服之類的情節，在寫了媽媽親手為我們兄妹做衣服的事以後，我就寫了這一句：「一針一線都充滿了愛。」

從我這句人生首度寫下的金句看來，我真的是一個寫文章的時候，常常會感情氾濫的人。學習節制，是我後來的功課。

可是當時，媽媽毫不保留的激賞，一再一再的說「怎麼寫出來的！不曉得她怎麼寫出來的」，大概讓我這樣理解作文：每個句子，都要想辦法用點心加把勁，讓它不平常。

媽媽也讓我覺得，作文，是一件我可以好好發揮的事情。

所以從小我作文，都有點「語不驚人死不休」的傻勁。

從這一點出發，我對人家的作文也有評論標準了。記得有一次，我跑去一位鄰近的院子裡有芒果樹的男生家玩，正好看見桌上攤著他的作文本，雞婆心發作，我忍不住過去瞧瞧。現在我已經忘記他寫的內容了，但我記得當時我一看，心裡就想：怎麼這篇作文，從頭到尾，「不知不覺」這個詞出現了五、六次？什麼都不知不覺的怎樣怎樣，太不用心，也太好笑了吧？

當然我什麼都沒說，只是很奸詐的笑在心裡。

可是，會不會在那些多得要命的「不知不覺」裡面，藏著有趣的東西？當時我一點都找不到的東西，也許一個媽媽可以找得到，一位熱心的老師或許也能找到。

總之，我對文字很起勁，很雞婆。視我為文字高手的媽媽給我訂了香港出的兒童雜誌《兒童樂園》。每兩個星期飛來一期的《兒童樂園》，讓我在裡面看見好一個豐富的世界，有些畫面，有些故事，現在還記得。我也一直覺得那是最好的兒童雜誌，因為它不說教，不硬塞知識，它傳達美好的情意。例如它講維蘇威火山爆發，龐貝城都被埋在火山灰底下的故事，那樣的恐怖，那樣的悲哀，但是，有一處，幾乎是橫跨兩頁，畫著一頭後來考古學家挖掘出的化石大狗，牠在一瞬間被火山灰整個覆蓋住的時候，虎虎雄視前方，四足分跨，用牠的肚腹庇護著一個手腳朝上舉的嬰兒。因此我在恐怖和悲哀之外，看見了其他的東西，當時說不清，後來知道，那是永恆的愛，與美，以及責任感。

家裡有朱自清和徐志摩的集子，我拿起來一個字一個字的讀。是讀，不只是看，我常常讀給媽媽聽，在她幫我綁辮子的時候，在她幫我和哥哥裁衣服，打毛線衫的時候。隨著小而密的文字，我看見荷塘的月色，春天的腳步，劍橋的風光，外國的風情……媽媽靜靜的聽，她也很讚賞那些優美的句子，說寫得真好，我也讀得很好。

因為文字的風光太美妙了，我也想給閱讀的光景添上特殊的氣氛，我會把小藤椅搬到院子的花樹下，坐在花影間閱讀。小藤椅坐不下了，改搬大藤椅去花樹下。那時候我讀的書不只是朱自清和徐志摩了。

晚飯後，我常跟著父親去村頭的公司俱樂部，他在大廳下圍棋、打橋牌的時候，我走迴廊繞過樹木森森的院落，到另一邊的圖書室去。有人在那裡

媽媽什麼事都很快學上手，她在上海做小姐、太太時是不需要自己燒飯、做衣服的，來到臺灣，這些事她很快都會了，有些甚至不用去學。她會想。這是她最厲害的地方。她只要想想以前吃過的那道菜的滋味，差不多就能燒出來。做衣服也是，從開始畫紙樣，她就會想這裡要不要收一點，那裡要不要放一點，如果這樣畫，這樣裁，效果會怎麼樣。完全是抽象思考。可惜我完全沒繼承到這種能力。

看雜誌，看報，我輕輕走進去，繞室盤桓，在書架之間隨意取下書冊來翻閱，還借書回家看。

我看了很多雜誌，《拾穗》、《文壇》、《今日世界》、《南國電影》……我看了很多小說，言情、武俠、偵探、歷史……文學書也夾帶著看了，比方《紅樓夢》。當時我是不辨精粗的把家裡的《紅樓夢》和《鏡花緣》、《兒女英雄傳》歸在一起，當作同一類組。爸爸的朋友說妹妹，你看得懂啊？那我問你，賈璉是誰？賈珍是誰？寶釵是寶玉的什麼人？

我一概答不出。但還是可以看，而且覺得好看。黛玉死了，我哭得好傷心。

這種亂看一氣的看書法真是夾泥帶砂，囫圇吞下珍珠。

媽媽呢？媽媽照例誇獎我。我愛看書，像書蟲一樣鑽在書裡面，可以半天不出來，她認為是難得的好事。媽媽也繼續忙著打點全家的事，一年年好好維持住一個家。有好一陣子，她不僅是替我們家人做衣服，還幫鄰居程媽媽做衣服。程媽媽家孩子多，但程媽媽不會踩縫衣機，她做衣服的速度跟不上孩子長大的速度，讓她急得要哭。媽媽就叫程媽媽每過些日子，把衣服裁裁好，全拿到我家來，她用縫衣機一件一件車好，程媽媽接著只要縫上扣子什麼的，孩子就有新衣服穿了。

幾年後，程伯伯換工作，他們一家搬到別的城市。我好多年沒見到他們。在媽媽的喪禮上，我這嫁出去的女兒出列獨自執香跪拜，旁邊沒有先生相伴，先生在牢裡。在媽媽靈前，我像從樹上跌落地的雛鳥，泥塑木雕般，說不出話，也哭不出聲。忽然有個太太過來握住我的手說：妹妹，妹妹，儂是妹妹是伐？媽媽不在了，儂要好好的啊，要好好的啊！知道伐？

我立刻知道那是好多好多年沒見的程媽媽，喊一聲程媽媽，我就哭出來了，哭得不能停。

因為我感應到程媽媽對媽媽的真心感念，我感應到她對失去這樣的媽媽的我的真心痛惜。過去的日子，有媽媽的日子，有媽媽的疼愛的日子，在那一秒鐘一下子都回來了。

媽媽喜歡我那句「一針一線都充滿了愛」。那一句情感滿出來的話其實還不差吧？她是提早感應到我不知怎麼寫出來的，長大後的真心感受。

從前在東海
——懷念兩位老師

二〇一一年八月，我和文庭澍、秦葆琦、許建崑、陳安桂等好幾位就讀東海大學時師從朱龍盦老師習書法的同學，懷著近乎回返原鄉的心情，相約去歷史博物館看老師的「一〇五歲書畫紀念展」。

走入展廳，看見大幅的老師肖像和精心整理過的老師作品，宛如走進時光長廊，我們一面互相提點著「你看這幅，多精神，多大氣，老師就是老師啊」，或者「這碑我也寫過的，可寫不到這樣子，差太遠」，一面緩緩走進四十多年前，初入東海的時光。

那時候，書法課，是中文系大一新生必修的課，在彰化警界工作的朱龍盦先生立身嚴謹，從不遲到。第一堂課，他讓我們隨己意寫張大楷交上。下一堂課他來，就讓我們開始臨寫他指定的不同碑帖，他發給每人幾張他自己寫的碑帖範本，我們一看，就傾倒了。原來，書法，是這樣的，每個字，飽滿自足，而又上聯下繫，與其他字構築為佳妙整體。美不勝收，觀之不盡。

於是，開始習字，有人寫《曹全碑》，有人寫《禮器碑》，有人寫《張黑女》，有人寫《張猛龍》……都屬漢魏碑刻，是隸書，或古意盎然的楷書。唯獨我，和另一位後來成為藝術家的女同學洪素珍，不寫隸書或那種古意盎然的楷書。老師讓我們寫楷書，唐朝虞世南的《孔子廟堂碑》。唐朝，好像去今不遠，虞世南，好是好啦，但在我們看來，平平正正的，不夠高古，好像少點奇絕的藝術性。不敬的說，唐朝的虞世南，有點像是住在我們家附近的一位擅寫毛筆字的老世伯，不怎麼吸引人。

不過，想來老師是看了我們原來的字以後，覺得虞世南能補我們之不足，且牽引我們入書法之門吧。

我們就跟別的同學一樣，悶頭苦練懸腕，每週交出臨摹作業。

我學書的天分很差，自己知道，因此雖然羨慕人家能寫古碑，但很認命，而且聽進去老師講的幾句話，覺得很有道理，那是：

取法乎上，不及則中，取法乎中，不及則下。

我想，要是取法乎下呢？那不及的話，就不知道下到哪裡去了！像我中學的時候常寫柳公權，大概就是取法乎下，現在只好拚命拉拔自己，老師必是認為虞世南乃最適合我取法的「上」。

可我那後來成為藝術家的同學洪素珍，不像我那麼乖順，她有一天按捺不住，自己跑去發問：老師，班上只有我和唐香燕兩個寫虞世南，是不是我們兩個比較差，所以不能寫漢碑或魏碑？

老師聽女弟子問難，大驚，趕緊說了一大篇虞世南如何繼承魏晉，啟發後世，如何外柔內剛，大方典雅，他的《孔子廟堂碑》又是如何端莊樸實，如何不好學……

總而言之，不是我們兩個比較差。老師說。

我聽了之後，雖然還是羨慕人家，但心裡舒服不少。

心裡舒服不少，但還是寫得比不過人家。有時寫得一張彷彿還可以，但貼牆一看就不行。字寫得好的話，平放桌上看，高掛牆上看，都是好的。字寫得不好，一掛牆上，就藏不了拙，怎麼到處破綻，那些字一個個都站不太起來。隨老師學書，起碼知道了字好是什麼樣子。看天分高的同學寫了《禮器碑》，又寫《乙瑛碑》，又寫《華山碑》，而我還是《孔子廟堂碑》，也認了。

大膽問難的洪素珍呢？她已經飛出去了。還在學校裡，她就已經飛出去了。大二她轉到外系，大四的時候，她請擅寫字的書法課同學，像後來的故宮博物院副院長何傳馨，幫忙在白色、紅色、綠色等不同顏色的幾匹布上，由不同方向飛龍舞鳳大筆揮寫漂亮的毛筆詩句，然後裁布做成款式簡單的洋裝，請全校最出色亮麗的幾位女同學當模特兒穿上在校園裡亮相拍照。她們走動轉身時，那些字都活了。

太美了！真是藝術！我腦袋裡絕對出不了那奇絕念頭。

不過我們同樣是寫虞世南的，我們這種級別的人應該是不差的！

然後我們畢業，她出國深造，我回南部教書。

我不上書法課後就沒有好好練書法，不像許多同學畢業後寫字不輟，秦葆琦、余中生、何傳馨等幾位還組了書畫會，相互切磋。

但我因為尊敬喜歡朱老師，畢業回南部後寫信向他報告了動向。短短一信，不想竟獲老師回函。

恭敬展讀，歡喜無已。

老師教我為師之道，給了很重要的指點，慚愧我當時和後來都沒做到多少。老師還在這封信裡誇了我一句，往後一直記得。老師說：「弟學廟堂碑，得其端秀之氣。」這說的是我呢！得其端秀之氣。得了嗎？得了嗎？老師說得就一定是得了吧？

信的末尾，以字行，屬名雲的老師寫了句「九月中旬我或去高雄市一日」，因此我去信問老師哪天來高雄，要不要我去車站接他。

老師很快回信告訴我抵達日期和時間，還要我接了他以後，同他一起去吃午餐。不要我費思量和多花錢，他指定了火車站附近的一家餃子館。老師又說餐後他去會友辦事，不用我陪。

我爸媽聽了，對老師明快又細膩的行事作風都讚嘆不已，直說原來現在還有這樣的老師。

是日，我依老師囑咐，去接老師，陪他吃了餃子後，送他上車去會友辦事。

老師，不求聞達，清正端肅的老師，真就是他前信提點我時所說的：「君子有三變，望之儼然，即之也溫，而其言也厲。」他對我這不良學生也用心對待，認真指導。

然而當時看來硬朗的老師第二年就病了，住進醫院。暑假我去臺北幾日，不能為老師做些什麼，只要了一件差事，就是那幾日午前我去一位師姐家，領了師姐親做的飯食提盒，搭車帶去醫院交給師母。我看看老師，說我來了之後，也沒多說什麼，稍坐一會，即帶師母已經洗淨的前一日提盒走，第二天交還給師姐。

笨學生，只能這樣了。連打雜事，也沒做幾天。

老師離開後的中文系書法課，不知道怎麼上，由哪位先生上，我沒有問過。真心覺得上過朱老師的課是很幸運的，我未必習得多少運筆謀篇架構字與句的竅門，但是親身感受到一種蘊藉沉厚、端穩從容的古風範。這份很深的感受非我獨有，也因此，老師去世多年，在學生的心靈上，餘音未絕，影響仍在。

§

一九七〇年代我上東海中文系時，沒趕上徐復觀、孫克寬、梁容若等多位名師，我書法學不好，對訓詁、聲韻沒興趣，只勉力從蕭繼宗、柳作梅、薛順雄和楊承祖等幾位老師修習些文學辭章。

大二、大三時楊老師開的中國文學史，幫我開了扇門，讓我略窺堂奧。老師講課時，觀點豐贍，左右逢源，得文學之趣。那堂課，我上得比較認真，上課都坐前面的位置，筆記記得很仔細，下課會跟著老師講到之處去圖書館找相關的書來看。雖然看著看著，可能會岔到別路去看小說，但總是在文字的花園裡徜徉。

我在文學史這堂課上，倒好像被楊老師視為不差的學生，一回因為有事，上課遲到十分鐘，進教室後，老師抬頭笑說好學生來了，我正想今天好學生怎麼也會蹺課了。

本來就不會翹這堂課，當然以後更不會了。

大三時盡了好學生本分，很用心的舞文弄墨寫了一篇元曲報告，老師在發回的報告後面朱批一句讓我很高興，卻又不太懂的話。這句話頗耐琢磨，四十多年後的今天，我才比較懂得。

老師批的是：君才實美勿自棄。

說我有美才，那是讚詞，當然絕對是要拜領的。勿自棄，是怎麼回事？如果有才，這種無形的東西怎麼棄得了，當然應該是走到哪，跟到哪。老師說什麼勿自棄，我要怎麼棄啊！

我後來慢慢知道了，才這種東西，會像鹽啊糖啊一樣，消融在水裡。如何讓它不消融？就是只能隨時鍛鍊它，讓它由輕盈變沉實。隨時鍛鍊，充分發揮，才，才會是你的。

老師那句話的意思其實是：你這小孩，有點才啊，但是自己渾渾噩噩，不會得把握，整天晃啊晃的不知道在幹什麼。這樣下去，等於自我放棄，你那點才，再美，也不成事！要奮起，要努力，要積極，要抓住機會！

老師朱批的那句話，是好話，也是重話。

老師大概以為我有點才，因此一點就會通。可是我哪裡會！過了很久很久，蹉跎至今，才漸漸懂得老師的意思。唉唉，老師啊，你明白我性格的弱點，那時候，怎麼不說得清楚一點？我領悟力差，想事情慢，常常在不思不想的狀態下，忙些不急之務，或瑣碎小事，所以才是今天這樣……

二〇一七年秋，楊老師高齡辭世，是在病中眠夢，斷續哼著戲曲走的。幾位同學相約去看望師母，師母讓我們看家裡各年代的相片本，因看見一張老師年輕時清瘦的半身照，還有老師壯遊世界的英姿，老師與師母一家的家常日子，老師與學生相與共處的畫面……師母說，他最喜歡跟你們在一起，跟你們在一起，可以談學問，開心的！

晚年跟我們在一起的老師，倒未必談學問，常常是說古論今講故事，講的都好聽，我們聽了總說老師，這一段你一定要寫下來，不寫太可惜。老師後來真寫了，寫他在時代流離中的種種曲折，種種意外，以及在每個轉角處看見的風景。

老師的得意門生陳昭容，是中研院史語所的古文字學專家，她幫老師將手寫文字整理為電子檔，大約有六萬字。老師寫的是民國三十八年以後在臺灣的篇章，擬交由《傳記文學》雜誌逐章發表。不過雜誌編輯看到文稿後，希望老師的自傳推前自三十八年以前寫，寫那個年輕小孩在國共內戰中如何掙扎求生，奮力求學，如何離開母親，渡海來臺，以後一輩子思念母親，每憶及，必沾襟……

老師寫了。寫完沒給昭容處理，逕交師母的看護小姐麗莎郵寄雜誌社。昭容得知後怪老師見外，老師說沒事的，雜誌社那邊說他們有人會幫我打字，我就不麻煩你了。

想不到卻偏偏有事，文稿沒寄到，在郵路上不見了。文稿沒用掛號寄。老師沒有交待麗莎小姐要掛號寄出。昭容急說那怎麼辦？老師說不要緊，我記得是怎麼寫的，照樣再寫一次就是了。

然後老師病了，很快進入迷離恍惚境，他有時候睜眼記起說我要寫一篇稿子，師母說你寫嘛，給他遞上筆和稿紙，他握著筆又睡去。

那篇失落的稿子終究沒有再寫出來。

老師轉過人生最後一個轉角，就放下一切，不再回頭看我們。

由此想起好幾次昭容、雪吟等同學發起、相招看展覽，我們隨老師去了故宮、史博館、中研院等處，興致最高，最認真看展，並用心聆聽資深導覽雪吟解說，還仔細提問的都是老師，我和好久不見的壞同學常躲在後面偷偷聊天，聊到一個段落，也會到老師邊上繞繞，露個面，接個話，同時也看看好東西。

躲在老師背後做壞學生也開心。以後不能了。

從前在東海，全體學生住宿舍。同學們晚上出宿舍走走，不時一走走到老師家，聽個性豁達朗爽的老師海闊天空講許多事，自己也講講心事，天晚即在星月光下走回宿舍。有些同學大概那時候就隱約看見未來的路，摸索著朝那方向走去，一路得老師照應、護持，愈走愈穩。也有同學晃蕩不定如我，讓老師擔心了。擔心也是守護。

感謝老師。

後記

二〇一七年夏開始寫作此文時，暫定的題目是〈老師說的好話〉，想要記述兩位老師對我說的好話，那時候，楊承祖老師還在。大致寫完有關朱老師的段落，要轉入楊老師的部分時，驚聞楊老師走了。仍然照預定的寫，但心緒變了，勉力完成如上。

我的學藝生涯

我從小到大的學藝生涯，總結來說，是一部不成功史。沒有，你沒有聽錯，是不成功史，不是成功史。

且說，剛開始，小的時候，究竟未來我會寫成功史，還是不成功史，誰也不知道，只能走著瞧。我自己因為一點頭緒也沒有，又是個乖小孩，就讓媽媽帶著我去學跳芭蕾舞，還有彈鋼琴。

芭蕾舞是在南部有名的李彩娥芭蕾教室學。那個中間有幾根大圓柱子的氣派大教室裡，有我人生最初的夢想。穿黑色緊身舞衣，頭髮緊紮梳髻，眉眼輪廓分明的李彩娥老師，是教室裡的女王，她手執鈴鼓，大聲拍擊，念數拍子，眼觀八方，照顧全局的專業形象，實在迷人。我們是穿紅色軟鞋的初級班，她不會每次都出現，但只要她出現，手執鈴鼓一登場，主角的氣質就聲勢奪人。跳舞不能差一點，舉手投足一定要到位，不然不好看，眼神、姿勢要能相呼應，一呼應，舞者周遭就有帶磁性的光環出現。手握扶杆的初級班小女生一看李老師示範的初級簡單動作就懂了。

我很快就有了嚮往的目標，那鞋尖藏有小硬木塊的粉色緞子舞鞋。芭蕾舞是足尖舞，因為足尖受力，飛躍優雅，落地也優雅。要跳比較高級的動作，就要穿硬頭舞鞋。有一次李老師帶領一位比我大不了幾歲的女孩隨悠揚舞曲，繞教室圓柱旋舞，女孩身穿粉色舞衣，足登粉緞硬頭舞鞋，閃光不已。我著迷的看那雙舞鞋在木地板上蹬、轉、離地、落地，又看繫綁舞鞋的粉色緞帶在女孩紗裙下的腳踝小腿上交叉、交叉，再打結，心想那才是真正的芭蕾舞鞋，真想穿穿看，穿了跳跳看，我腳上的紅色軟鞋，一比好寒酸啊。

然而這不是輕易就能達成的目標。粉緞硬頭舞鞋絕對不便宜，看也知道。而且要進階到一個程度才能穿。又上幾堂課後，媽媽說舞蹈教室太遠了，我們不上了好吧？沒機會穿正式的硬頭舞鞋了，雖然覺得可惜，但我很乖很懂事，啊了兩聲，不吵不鬧的就聽話不上芭蕾課了。我的故事裡，沒有那種像找到天命般，堅持要跳舞，要穿上正式舞鞋，最後排除萬難，努力練舞，成為一代舞星的精采情節。

後來學鋼琴，是跟我的小學同學小方一起在一位優雅的鄰居太太家裡學。那收拾得乾乾淨淨的小小客廳裡，靠牆放著一架黑亮光滑的山葉鋼琴，琴臺上鋪著白色蕾絲長巾，上面有幾本琴譜和一架節拍器。琴蓋掀開，黑鍵、白鍵排列有序，老師修長的手指在琴鍵上俐落跳舞，每根手指都落在對的位置上，音符一一聽話與之對舞。看起來好容易啊，但其實一點也不容易，要多練習，手指和音符才會聽我的話。

剛開始彈的練習曲還好上手。回家後雖然沒有琴練習，但我會在沙發椅的木扶手上彈奏，也就是一邊唱音符，一邊移動手指相應。下次上課時練一下舊曲子，老師再教新曲子。然而曲式愈趨複雜後，我就辛苦難跟了。勉強了一段日子，我還在老師辦的發表會上跟同學一起登場。媽媽給我做的淺紅新洋裝很別緻，腰際有一排寬版白花邊，我的黑皮鞋擦得雪亮，長辮子編得一絲不亂。很像回事的登完臺，一鞠躬下臺後，我的鋼琴生涯也就漂亮結束了。同學小方呢？她繼續跟老師學，家裡也買了鋼琴，琴藝日進，長大以後還在家裡收學生教琴呢。

我繼續寫我的不成功史：渾渾噩噩進了大學，迷迷糊糊一事無成的一晃到了大四，我還不知道以後想做什麼，竟然就要畢業了！跟我一樣在雲端飄來飄去飄了快四年的五位室友忽然如夢初醒，一塊兒緊張起來，也不曉得是誰起的主意，說是我們應該再去學一種外國語言，學日語好了，會日語的人很少，我們會一點，起碼比人家強那麼一點。

當時沒什麼日語補習班，去哪裡學都是一個問題。又不知道是哪一個室友說走過某條街，看見巷口電線桿上貼了紅色招貼寫說「日本人教授日語」，我們就去跟那日本人學好了。

六個傻瓜一樣的女生真的一窩蜂跑去跟那日本人學日語了。日本人倒真的是日本人，那是一位年紀很大，看來好像有九十歲的日本老太太。老太太彎腰駝背，個子縮得很小一點點，她臉上的妝又紅又白，畫得很濃，她聲音尖銳，罵人很兇。被罵的人很可憐，幸好不是我們。是她的臺灣先生，看起來好像也有九十歲了。老師老是罵師丈那樣東西放得不妥，這件事情做得不對，連水都燒不好！我們雖然不通日語，但在一旁陪聽訓，竟然大致都懂她在罵什麼，可能這就是最生活化，最有成效的語言教學吧。

我們因為在學校的上課時間都不同，分別跟日本老師安排了不同時段的個別教學。在那小巷小屋塞滿東西的窄小客廳的茶几邊，上完日語課以後，回到寢室，也不管外面在刮大風，下大雨，還是我們三小時前才一起吃的早飯，彆彆扭扭講幾句午安你好，好久不見了，今天天氣不錯之類的日語寒暄，就迫不及待開始用正常流利的話講老師和師丈的悲慘生活。唉，已經九十歲了，還能怎麼樣呢？老師在那小屋子裡積了幾十年的怨氣，不隨時放一點出來，大概人會爆炸吧？老師怨什麼？我們想是怨師丈沒能力，不成材，害她到老還住在假花和人形娃娃都沒適當地方擺的陋巷窄屋，害她到老還要教我們這六個傻瓜女生以賺點生活費，害她到老還不能回日本老家安居喝茶，暢說母語。回不去，回不去了，她的人生卡在這裡了。落葉無法歸根，老師將和師丈像兩片枯葉一樣在那塞滿東西的小屋裡辭枝終老。

我們絕對不要像她那樣，到老卡住。但是怎樣才能海闊天空不卡住？不知道。不久我們畢業分手，各自走向不同的路。我會的那一點點日語沒讓我比人家強什麼，會那一點點，簡直跟一點也不會一樣。很多年後日語教學的機構多了，找機會又去學了一陣，還是沒學好，我只是比較可以領略這種語言裡面一波一波湧起、落下的韻律和美感。

啊，回憶如潮，說太多了。但我的學藝生涯還沒有說完。我在大學的書法課學過書法，沒有天分，學得很不好，無疑是全班最差的一個。我同寢室的室友步梅，就是前頭講的六個傻女生之一，是平劇社的當家青衣兼社長，她拉我去平劇社學過平劇，還上臺，那是一場慘劇。幸好出洋相的不只心跳如打鼓，唱戲像蚊子叫，上場前若不是顧及友情，大概已經逃跑掉的我一個。幾個來自五湖四海各派各系的雜牌軍龍套沒頭沒腦在臺上慌張亂轉走錯邊撞在一起，鼻子高、輪廓美的外文系校花領銜扮花旦，有點像慣唱洋歌的外國人跑錯了場子，就在臺上以外國美人的風度演起古代中國女，唱老生的生物系男堂堂端著架子出場亮相，博得滿堂彩後，愣了半晌，一開口念白，竟原味端出濃濃的臺灣國語腔。臺下觀眾滿座，都抱著看好戲的心態看戲，我們也不負眾望，拿出全套本事讓他們從頭笑到尾。散戲後，懂戲的老師很含蓄的說我們扮相好。所謂扮相好，就是唱功不好的意思，就是除了扮相，沒有一樣好的意思。

大學畢業以後，懷著某種朦朧的夢想，我學過吉他，我學過洋裁，我學過直笛，我學過野草盆栽。都是成績不良，或半途而廢。健身運動方面，這些年來，我竟然陸續學過太極拳、八段錦、外丹功、元極舞、自發功和瑜珈，不曉得還漏數了什麼沒有。總之無論哪一項，我都沒有成為一代宗師。

可是，這個話題很難結束。幾年前，我一朋友從美國回來過暑假，她說在美國的社區參加過年長者芭蕾課，老師教的芭蕾動作都是年長者容易做的，而且非常優美，舉手投足間會覺得自己被提升到一個原先以為到不了的境界。

那個境界！我立刻召喚出在遠處煙塵那一頭的李彩娥芭蕾教室，我又看見了居於磁場光環中心，穿黑色舞衣的李彩娥老師，和那繞室旋舞的纖巧粉色身影。於是我像中蠱一樣跟著朋友，去她尋到的一間教授成年人芭蕾的舞蹈教室。老師說衣服隨便自己穿，輕便就好，但要買一雙舞鞋。我們跟著其他學員買了黑色的軟底舞鞋。

上完一期的課程，朋友回美國。我重溫了人生最初的夢想，帶著舞鞋回家。

再加幾句：前兩年，我一位愛唱歌的朋友學了唱歌又想學唱戲，她知道我參加過平劇社的案底，拉我一起去學戲。電話裡聽了幾句，過去悲慘的經驗立刻朝我湧來，因此我婉拒，堅拒，總之是死命不學。看，學藝多年，藝沒學到，人總算是學聰明了點吧？

曹雪芹不賣拉麵

一位朋友出書，書裡回首前塵往事，摭取成長點滴，講述人生轉折頓挫，種種哀歡都娓娓道來。那哀歡，如與愛人之間的濃情和矛盾，如與同志之間的結盟和過節，是他個人的，亦不只是他個人的，尚連結至諸親友。

原來，他是那樣感受那樣想的，他不說出來，人家真不知道，至少，我原先是一點也不知道的。大概這位讀書千卷的朋友自覺人生走到後段，有必要整理內心存有，將缺憾還諸天地。

可他這一還，像扔一塊石頭到平湖，砰通一聲，漣漪不絕。他愛人早說過「跟我相關的事，你不要寫」，所以他很克制，勉強只寫了一點，但那一點，大概也不讓她歡喜。

當年一起奮力對抗強權的同志友人的事，他也寫了。因為老同志沒說過不能寫，他就如實寫出他的看法，以及針貶。

寫的真好。但我會這樣想，殆因我只是他遠遠隔了幾重的朋友，與他的過去完全無涉，捧書閱讀，自然輕鬆客觀。如果我是他筆下的老同志，看他直言不諱，暢所欲言，鐵定不會舒心快意。

下筆的朋友不知道同志老友看了會不高興嗎？當然是知道的。知道而還是要寫，極少人能行。所以不能不佩服！

有天跟我一位愛看書的老同學說起此事，老同學與我同感，又嘆息曰：想起來，我看見，我知道，我經過的事也不少，但我是沒辦法寫的，一寫會天下大亂，家人反目，朋友也會斷交，比方那個誰的那件事，我能寫嗎？我不要命了我！所以我不能做作家。

我也不能。真正的作家，或許是天底下最孤單的人。至少也要有身處孤單絕處的自覺。對他來說，作品第一，想寫的欲望第一，朋友、家人、金錢、生活，甚至溫飽，都排在後面。若在取材和下筆時，這也顧慮那也怕，就不是天生的作家了。最近我看到一位年輕作家說作家要是怕東怕西，自我設限的話，那乾脆不要寫了，去賣拉麵好了！

旨哉斯言。

街上賣拉麵或賣冰果冷飲職人工作時的手法身姿常讓我看得目不轉睛，十分讚嘆，當然他們從事的都不是容易的行業，不過年輕作家也不是說賣拉麵容易，我想他的意思是如果你怕得罪人，你怕失去朋友，你怕置身文字的世界孤單，你不能滅佛殺鬼，那寫作就不是你的天職，趁早改行吧。

來看看最偉大的作家曹雪芹的例子。

我非紅學專家，只是和許多紅樓愛讀者一樣，隨時捧讀紅樓，就會被吸進去，又像迷路，又像識路，但隨曹雪芹的彩筆，迷路也好，識路也好，總歸是一路賞不盡的春雨秋月，看不完的夏雲冬雪。出得書來，下一次再讀，即便是同一段，仍好像是初讀，也就是，黛玉又是第一次見到寶玉，寶玉又是第一次踏賞大觀園，青春女兒又是第一次在園中賦詩……然後是離別，隨家道隕落，園景凋零，青春生命一個一個的離開大觀園，如花落高枝。盛景繁華與離散殘年之對照，真如一夢。經由閱讀，我們一次一次的入夢又夢醒。同時，在一次又一次的閱讀中，除了寶、黛等主角人物，其他重要和次要、再次要的配角人物，甚至以前我不太留意的大觀園以外的人物，也逐漸清晰顯影，那千絲萬縷的人世糾葛，千迴百轉的冷暖浮沉，亦折射反影閱者自己的人生歷練，於是，紅樓愛讀者不僅只是愛讀觀夢者，彷彿亦是紅樓夢中人。

我同許多紅樓愛讀者一樣，與紅樓相關的東西，只要到手了，都會讀，不同人續寫的後四十回，或後二十八回，我也讀過。我同意精研紅樓的作家高陽在《紅樓一家言》一書中〈曹雪芹對紅樓夢的最後構想〉這篇文章內的看法：

後四十回的文字雖不及前八十回，但一般公認還是相當不錯的。我不認為高鶚有此能力。尤其續書比自己創作還難，因為得拋棄了自己的一切，去體會別人的風格。如果高鶚續書能夠看不出續的痕跡，那就比曹雪芹還要高明了。

加上其他的理由，高陽認為相傳高鶚續寫的後四十回，應該是書商程偉元請來文士高鶚編補曹雪芹殘缺的未定稿而成。作家白先勇也有類似的看法。

高陽本人是個相當精采的作家，他那續書難的看法，極為精到，我深以為然。他說後四十回原是曹雪芹本人未及根據對全書的最後構想而改寫的初稿或未定稿，對我也是極大的安慰。至少，那是曹雪芹的初稿或未定稿，大部分是他的手筆。未定雖然遺憾，但畢竟是屬於他的未定。

我曾想，當代作家裡，誰有才調續寫後四十回？張愛玲？她熟《紅樓夢》，熟到骨子裡了，她講紅樓的書，《紅樓夢魘》，可惜我讀不來，似看繞來繞去鬼打牆，總之是說後四十回寫得太糟。

那麼不好，你不會手癢，乾脆自己下場來續個幾十回嗎？我覺得張愛玲不會沒動過續寫的念頭，只是，真要寫，就得像高陽說的，整個拋棄自己，這哪裡是心高氣傲、自我超強的張愛玲能行之事？

或許高陽可以。不過他另闢蹊徑，創作《紅樓夢斷》、《曹雪芹別傳》、《三春爭及初春景》和《大野龍蛇》一系列小說，欲寫曹雪芹的人生經歷和他撰寫《紅樓夢》的心路歷程。只可惜，這一系列雖然好看，卻也沒有完成，只見旁枝通別境，別境又接別境，看到最後一個字時，曹雪芹根本還沒提起如椽巨筆呀！

我也同許多紅樓愛讀者一樣，想要理解曹雪芹的身世遭遇。幸好高陽小說來不及寫到之處，他在《高陽說曹雪芹》和《紅樓一家言》這兩冊書裡透露二三，最令我心驚的是他說曹雪芹的顯貴親戚如嫡親表哥平郡王福彭，對抄家敗落後由江南回返北京的曹雪芹一家無甚照顧，曹雪芹開始寫《紅樓夢》之後，諸多貴戚不但讓他到處碰壁，求助不得，且還干涉他寫作。高陽說：

由於他是以象徵的手法，描寫康熙末年的政治糾紛，並穿插了好些王公府第中的遺聞逸事，因而招來了許多抗議、警告、規勸以及修改的意見。最強的壓力來自平郡王府……

曹雪芹在貴戚親朋間不得奧援，他也自絕於親友圈，只有極少數的知己友人如敦敏、敦誠兄弟理解他，不吝給他溫情。敦誠有贈詩曰：

勸君莫彈食客鋏，勸君莫叩富兒門，殘杯冷炙有德色，不如著書黃葉村！

敦誠說何須看人賞飯的臉色，就埋首著書黃葉村吧。這是你的命運，堅持吧。堅持不易，且看高陽這同樣令人動容的一段話：

由於《紅樓夢》，曹雪芹生不能一飽，死無以為殮；他為什麼付出這樣大的代價？是因為他忠於藝術；他筆下的賈寶玉、林黛玉、薛寶釵、賈太君、王熙鳳，先只是影射某一個人，但一改再改，隱去真事，筆觸由史學的轉向文學的，被影射的人，逐漸有了他們自己的個性與型格，成了他筆下的嫡親骨血，而且個個出類拔萃，如見其人，試問曹雪芹如何割捨得下？

關於曹雪芹與《紅樓夢》，研究篇章與專書甚豐，早成學門，然而疑點實多，謎題難解，高陽的解謎論點和創作構想非常鮮冽，所以在此抄錄傳寫。不過，其他紅樓迷可能早就知道了？

之前，我的紅樓同好阿孫女士聽我亂講一通後說，說不定，哪一天，也許就是明天，在北京，或是世界的哪裡，有人打開他家櫃子，拿出可信的，最接近曹雪芹完整原文的一部紅樓抄本，一百二十回的，連被某些混蛋借走後迷失不還的幾回，連被長輩命令要修改移除的段落，都在，然後說，可憐啊，給你們看吧，別胡想瞎猜了！

真有這天，全世界的紅樓迷都要喜心翻倒發瘋了。不過到了那時，我也還是欣賞喜歡高陽的一家言，而且深深敬服他為我們描摹的那個不畏人言，抗拒打壓，堅持寫作，不背棄他創造的人物，也不擱筆賣拉麵的偉大作家曹雪芹。

後記

據中研院院士黃一農研究，曹雪芹出生於康熙五十五年閏三月，二〇一六年是曹雪芹三百年冥誕之年。在這一年，我撰寫這篇短文，向曹雪芹致敬。

文中提到多本作家高陽有關曹雪芹的的著作，我所持有的《紅樓夢斷》四冊、《曹雪芹別傳》二冊、《三春爭及初春景》三冊和《大野龍蛇》三冊都是聯合報社出版，《高陽說曹雪芹》和《紅樓一家言》二書是聯經出版。這些書很多是我陸續在二手書店購買、補足的，購買、閱讀的過程如拼圖，謎一般的《紅樓夢》，謎一般的曹雪芹，在高陽筆下，在我眼前，漸漸形成比較完整的圖像。

報紙之為物也

晚上，先生倒完垃圾回來說，我看啊，我們這條路上，會訂報紙看的大概只有住裡面那棟的梁爺爺和你了。

原來，倒垃圾時，先生看見八十多歲的梁爺爺拿著一袋垃圾從裡面那棟樓出來。照例，梁爺爺一路不成調的開心哼唱著。照例，其他等垃圾車的芳鄰或甩手做體操，或自尋熟識的人說上幾句話，或蹲下跟跑到腳邊的貓兒打招呼，沒人同梁爺爺講話。無話可講。梁爺爺失智了。

先生看見梁爺爺微笑行來，手上提著的是一大袋要回收的報紙。

所以說，我們這條路上，會看報紙的只有失智的梁爺爺，和目前還行的我了。

先生說，再不久，說不定整個社區，會看報紙的，就只有梁爺爺和我兩個人。

失智的梁爺爺還能看報紙，那不錯嘛。我一面回應先生的預測，一面腦海裡浮現一幅畫面：我同梁爺爺一起坐在社區小公園的涼亭裡，各自拿著一份報，看得津津有味，梁爺爺一邊還哼著聽不出詞，也聽不出調的小曲。

真是無語。好像不久之前，大家都在看報紙的，怎麼現在，只有在銀行、郵局、公所、診所排隊等叫號的人才看報紙嗎？

曾經，報業是多麼紅火的行業，看報紙，也不只是為了殺時間。從小到大，很多好東西是在報紙上看到的，像高陽的歷史小說《荊軻》、《少年遊》、《風塵三俠》，像褚威格盪氣迴腸的《一個陌生女子的來信》，像川端康成、三島由紀夫和井上靖的文學。很多壯闊、無奈、熱烈的情感是那樣子接觸到的。從報紙，我出發去找書，找好看、想看的書。

四十年前，初初成為臺北居民，又在雜誌社上班後，我的一篇報導文章轉載於報紙上，在南部的父親看見後十分歡喜，後來，父親又在報上看見我用筆名發表的另一篇文章，他又高興了一回，特別是他知道我那筆名是懷念媽媽的意思。他把這事告訴給哥哥知道。

我和父親，一北一南，在報紙上，無言的交流了我們的心意。父親看到我的文章刊載於報紙上，大概覺得我並沒有被社會封殺，我也許，在那多方激戰的社會，會擁有小小的一席安身之地吧。

父親覺得安慰，我自己，因為跟報業微微有了些搭連，也很高興。再不久，我為《中國時報》開卷版介紹的童書寫了些短評，也做了幾個年度的童書評審，因此常有機會踏進報社，去開書評會，也看見與想像差不太多的編輯部。我覺得，在報社生產報紙的人，同我這個從小每天放學後就坐在廊簷下看很多份父親訂的報紙長大的人不一樣，好像是不同的人種，他們想得快，動得快，因為時間走得快。對生產的人和閱讀的人而言，一份報紙的時間單位，即使同為一天，那卻是全然不一樣的。當我在看今天的報紙時，他們已經在做明天的報紙了。我的今天，是他們的昨天。

不過，網路時代來臨，他們的今天，他們的明天，在這超高速快轉的世界，竟也被翻了好幾番，有些人，被報社甩開，有些人，自己離開了報社。我呢，心靈上的我，當然還是沒怎麼動，還坐在高雄老家的廊簷下。那個我，一進家門，一踏上地板，放下書包，就到廊簷下，朝向天光，看一份一份的報紙，看外面的大世界在我面前一頁頁展開。

高雄那棟平房老屋被拆除以後，我自己碰上的大事件，也被寫到報紙裡去，片面的，偏頗的，但一筆一筆給寫進去了，等待時光翻轉。

時光確實翻轉了，我的昨天，在今天，有了不同的詮釋。

然而，不論人家怎麼詮釋，我一直知道事情的意義。

先生又發話了，他說，報上的那些新聞、文章，現在在電腦上都可以看了，你怎麼還需要看報紙啊？

說的是。連我這對報紙、報業最忠誠的人，現在看報紙，也遠不如從前那樣一個字一個字的細讀了。我放不下的，大概只是訂報紙這件事？或者其實我放不下的是一個過去的時代？我自問。

不過，報紙很有用的，我都不知道沒有報紙的人家是怎麼過日子的！我跟先生一樣一樣數來。

比方去年冬天電熱水器忽然壞了會漏水，先找師傅修，後又決定更換熱水器，這麼遷延了幾天，那幾天只要開機用熱水，熱水器下面就會緩緩滲出水來，流了一地，於是我在熱水器周遭地上鋪滿舊報紙吸水，待報紙濕透，又換乾的舊報紙鋪上。這麼著，家裡才沒鬧水災，日子才能安生過。

又比方，近日除濕機也會漏水，狀況未明前，我也在除濕機底下鋪上厚厚的舊報紙，吸乾漏水。

還有，家裡二貓，有時腸胃不舒服會吐，肚子裡積了毛球也會吐，我發現地板上一灘一灘泥水纖維嘔吐物時，總是立即去取幾張舊報紙來按壓在上面，再抓起清除，三兩下就清潔溜溜了。如果沒有報紙，我要怎麼辦？那些沒有報紙的養貓人家，怎麼處理這種狀況？都使用抹布嗎？抹布沾了髒東西還得清洗，總不能用了就扔好浪費。

另外，我每天早晚兩次為二貓清貓砂，一開始是用塑膠袋來盛裝凝結的貓砂塊，後來覺得浪費又不環保，改用舊報紙，對摺對摺成報紙杯，每次一杯、兩杯，方便極了！

所以說，舊報紙常常拯救我！沒有報紙的人家怎麼過日子？有人會來找我求援。例如最近有芳鄰說家裡要粉刷，急需舊報紙鋪地板，可不可以給她些舊報紙？當然可以，我是很大方的。

還有，如果要談舊報紙的使用史，需得回溯到兒子小時候。那個兒子寶寶，很小就不太用尿布了。他在地板上爬來爬去，我一看見他停下來，好像想著什麼，想要尿尿的樣子，就會抱他去廁所噓噓。但有時候我沒來得及發現他要尿尿，他尿在地板上也沒關係，我總是抓兩張報紙鋪上溼地板，把兒子抱去浴室清洗乾淨小屁股後，回頭再清掉溼報紙，用抹布擦擦地。很快的，小人也乾淨了，地板也乾淨了。

現在的媽媽大概多半不像我那樣給孩子包布尿布，我也是因為自己在家帶孩子，所以可以試著讓他在家就盡量不包尿布。那個時候，舊報紙真是幫了大忙。

聽起來，對我來說，報紙之為物也，已經脫離它原先的功能，在另外的面向大大的發光發亮，展現價值。先生聽完我的長篇大論，望著我像望著上古時代的遺民，搖頭望天，無語嘆息。

夜涼人息，我的思緒依舊在訂報讀報的老時代、老人類周遭打轉。我不知道，梁爺爺除了看報紙，還怎麼使用報紙？報紙對梁爺爺的意義在哪裡？總是哼哼嗚嗚，語不成聲，曲不成調的梁爺爺，沒辦法告訴我了。

燒餅和肉圓的故事

燒餅是我從小吃到大的點心。小時候在菜市場外頭，有位江蘇老鄉用汽油鐵桶烘烤燒餅賣，他賣裡面放砂糖的橢圓甜燒餅，和放蔥花的圓形鹹燒餅兩種。我特別喜歡鹹燒餅，我家人多半也是，但爸爸喜歡甜食，所以每次買總會買幾個裡面砂糖都烤錫成漿的甜燒餅甜甜他的心。

跟著老鄉喊燒餅，正式的名稱應該是蟹殼黃，外形圓圓的像螃蟹殼。

幾天沒吃，我們就會想吃，因此哥哥常在星期天早上騎腳踏車去菜市場買。有時得要在大太陽下立等。等到一爐終於烤好，老鄉持柄長鐵夾，一一把貼在桶壁上的燒餅夾出來，圍等的人都滿意嘆氣，希望全憑自由心證決定誰先來誰後到的老闆別漏了自己。

哥哥買好飛騎帶回家，還熱的，趕緊吃，那香，那酥！

長大移居臺北後，有時候南歸，哥哥會說：妹妹，想不想吃燒餅？

想啊！

哥哥就說明天早上我去買，買回來趁熱你先吃兩個，其他的都帶上車，回臺北放冰箱，慢慢吃。

好！我說。我總是不客氣。

這時候江蘇老鄉早已經退休，接棒的是他兒子媳婦。汽油鐵桶倒沒退休，還在一爐一爐忙得紅火。現在別人都用大烤箱烤了，但我哥哥嫂嫂說貼爐燒餅的風味，哪是大烤箱烤得出來的！

不過我總覺得還是他們老爸爸烤的貼爐燒餅比較好吃。是老爸爸的調味、揉麵或什麼地方有難言的巧妙，別人學不來？或者單純就因為我懷舊？

不過有的吃不錯了。在臺北，我還不曉得去哪裡買呢。

當然漸漸也知道了。羅斯福路上有家上海麵點，路過看見門口小櫃裡方盤上鋪排著出爐燒餅，我就會停下來看，常常也買。他們的燒餅一年年價錢沒怎麼變，但是餅愈做愈小，簡直三兩口就能吃完，快變成一口酥了。有次我忍不住口出諷刺，對老闆說，你們的餅又變小了，再小就看不見，就沒了。

老闆呵呵笑著不說話，大概是承認他的餅已經小到極限，不能再小了。

終於找到做得大些的燒餅。在公館的陸橋下，有時會看見一位先生把腳踏車一停，臨時就支出個餅攤，賣燒餅。味道蠻好的，又不小，當然只要看見就買。斷續買了兩三年吧，就再沒看見那燒餅攤，先生不知何往。

後又發現一位老同學家附近的小店也賣燒餅，起初吃著還不錯，過兩年發現味道變了，是油的味道不對。或許老闆為了節省成本改油，味道就差了。

燒餅雖小物，不能隨便的，裡面要放好豬油。有一陣子我姪女小卉來臺北工作，倒很快發現中山堂附近有家江浙小店也賣燒餅，做得頗道地。小卉的爸爸就是我哥，會飛騎去買燒餅的我哥，小卉從小跟著吃，品味當然不差。她一給我報信，我很快就奔去買了。

是不錯。後來我就吃那家的燒餅。不要愈做愈小啊，不要換不好的便宜油啊，我這人微言輕的食客只能默默期望。

以上是我的燒餅小史。或許你會問，看我這樣滿城狂找燒餅，家裡有人感應到我的熱愛，也愛上燒餅嗎？有的。我兒幾乎跟我一樣愛。到現在，只要聽說冰箱裡有燒餅，可以烘熱來吃，他就會樂得眉開眼笑。

先生呢？先生一點也不愛燒餅。這樣乾乾的餅會好吃嗎？他大表懷疑。

你這什麼燒餅，我有別的東西吃，就根本不會想吃它。他宣稱，我們北斗的肉圓才是真正的美味，天下第一的美味。

是嗎？我說，要讓我去投票的話，我不會投肉圓。我不覺得它好吃啊！吃起來黏黏爛爛的，還放味道那麼重的醬，可怕！

什麼黏黏爛爛的，那蕃薯粉做的皮好Q好香，裡面的竹筍瘦肉餡也好吃，上面灑點芫荽，再淋點醬汁，完美！我要是每天吃都吃不膩的！先生說。

我相信對很多人來說是這樣沒錯。你去北斗街上看，那麼多人拚了命似的要搶位置吃肉圓，想來他們全是每天吃都吃不膩的，跟我不一樣。

幸好只是燒餅和肉圓之爭，若是更大範圍的食物之爭，說不定婚姻都不容易維繫的！

我這可不是危言聳聽，試想，結了婚的兩個人是要每天，或經常在一起吃飯的，要是每天或經常都得因為我想吃的，你不想吃，你想吃的，我討厭吃，而爭論不休，沒辦法一塊兒坐下吃飯，那日子要怎麼過？感情大概會有嫌隙。嫌隙會一天天變大，最終難逃破裂。

所以說幸好只是燒餅和肉圓之爭。

不知此事危險的先生憶起小時候，每從田尾鄉去到北斗鎮上看阿嬤，阿嬤疼他，都會讓舅舅帶他去廟口吃碗肉圓。好吃啊，那個六歲失母的小孩，覺得肉圓真好吃啊！阿嬤請他吃的肉圓怎麼這麼好吃啊！

時移事不往，對那老孩子來說，北斗鎮上的肉圓滋味一年年益發濃郁香淳，每次回鄉，若方便，他總要車往南行，去吃一碗肉圓。北斗的表姊妹有時會特別送來一盒冷凍的肉圓給他，醬料也附了很多，他嘴巴裡說不要麻煩啦，其實想到可以連吃幾天就心花怒放，眉飛色舞。

童年的滋味，故鄉的滋味，當然深植心頭，最為珍美，我尊重！不過很遺憾，我很難將那珍美的滋味移植到我的味蕾。我自有屬於我的珍美的滋味，同樣的，先生也很難領略。

但是有一個人可以同樣領略、喜愛酥香燒餅和濃郁肉圓這兩種滋味——我們的兒子！在這件事上，兒子竟然不費吹灰之力即達到兼容並蓄的超高境界。大概是因為從小他就跟著我到處找燒餅，自然會得欣賞，還內建一套評比原則，他也多次跟著我們在北斗不同的小店坐下吃肉圓、蚵嗲和貢丸湯，品嚐他爸爸評定的天下第一美味。兩種系統的口味不衝突，他都覺得好吃。

每次我看見兒子樂呵呵吃著淋上濃稠醬汁，在我眼中不折不扣就是黏黏爛爛的肉圓，都特別高興。因為，他做到了我怎麼都沒辦法做到的事，吃肉圓吃得那麼香！因為，從這裡往上推，可以推到我還見過，他是完全不識的北斗太阿嬤，那位好可愛的，頭髮攏髻，穿著大方黑色唐裝，會嚼檳榔的小小老太太。有一條線，從太阿嬤那裡牽過來，兒子不知道，但他其實牢牢握住了。

當然，他也好好握住了另一條線，從外公、外婆和舅舅那裡牽過來的綿延長線。

好吃嗎？他們問。

嗯，好吃。他回答。

他們就都笑了，在線的那一頭。

燒飯記

想到燒飯這件事，常讓我不由感懷人生之……不能說奇妙吧……說奇怪好了。怎麼說奇怪？因為我這人雖然喜歡吃東西，但並不特別熱愛下廚烹煮，我不特愛下廚烹煮，但卻每天要開火動鍋鏟。

我有好幾本食譜，有時還會借烹煮的書回來細細閱讀，平日看報、上網若瞄到談飲食烹調的文章，也多半不會放過。我看人家講他怎麼享受家常或宴飲的餐食，就莫名其妙很開心，看人家說他怎麼下廚調理餐點，也感同身受那份舉重若輕的愉悅。我甚至還挺羨慕那擁有或親身設計了美好完善廚房，一切用具皆就手便利，時不時輕輕鬆鬆煎條好魚，烤個蛋糕的天之驕子，覺得人家怎麼那麼懂生活，會生活啊！

反觀我自己，拿本烹調書，躺在沙發上，看人家下廚，隔空移情而已，還很高興，很享受，真真廢柴！

不過，廢柴般的我，自從有了孩子，就每天三頓、兩頓的燒飯，有時候燒三人分的，有時候燒兩人分的，燒到如今，怕不燒了有一萬多頓的飯？我簡直，我其實，是個專業的煮飯婆啊！

我還給兒子做了好多年的便當！從他小學有全天班開始，一直做到他高中二年級。我做的那些便當，要是堆疊起來，怕不像座小金字塔？

既然專業煮飯多年，應該很有專業的架勢才對。然而沒有。我燒的家常飯菜，或許勉強還吃得，但不保證烹煮時一定不失手。至於像我娘家的母親、嫂嫂，夫家的婆婆、姊妹、弟媳那樣治小鮮於談笑間，烹大菜亦不皺一下眉的氣派，更是不用去奢望了。

我也有好幾位朋友，什麼難做的菜都做得來，出去吃到什麼新異的菜式，回家想想就能做得八九不離十。像這樣的天才，卻都不必每天燒飯，有時想下廚燒些美味又有益健康的餐點，家人說不定還會講別忙了，不用煮了，出去吃吧。而庸才如我，卻被上天指定要燒那麼多頓飯。吃我燒的飯長大的兒子，還常常很愛吃我燒的飯，還常常找事讓我做，也就是帶朋友回家吃飯。先生則說外面餐館的菜油多鹽多味精多，有礙健康，在家隨便吃都好，現在大家都在擔心毒這個，毒那個，我們在家吃飯，好像都沒被毒到。

能說人生不奇怪嗎？

最近一次大動干戈燒飯給兒子和他的朋友吃，是他們一群大學同學都當完兵，要紛飛各地之前，在颱風天來家裡聚會的時候。颱風天，留客天，我從當天的午飯燒到第二天的晚飯，把冰箱裡所有的食材都用光了，幸好他們吃得還滿意，颱風也總算過境走了。

給他們吃的都是些尋常的雜煮飯菜，沙拉、炒飯、咖哩、紅燒肉、排骨湯、烤雞腿雞翅、義大利麵之類，大碗大盤端上，一下掃光光。早餐我給他們煎法國土司，下午的點心是香蕉餅。他們都喜歡。這兩樣，兒子從小到大的朋友沒有不喜歡的。有一位未來的數學博士吃完第一盤法國土司，跑來廚房拿第二盤的時候，還問我怎麼做的，他說他媽媽已經教了他燒飯、煮麵的基本功，他想再學會做這法國土司，去到紐約大概就沒問題了。

後來果然沒問題。我很高興數學不好的我對數學界也有些小小的貢獻。其他幾位胃口驚人的小夥子呢？他們展翅飛向各方後，也都在各自的領域奮鬥不懈，前景看好。

回頭再講我人生奇怪之感懷，不熱愛燒飯的人偏偏每天要燒飯，這是什麼道理？這裡面有何因由？我想出可能的因由一項。

常聽那很會燒飯，只要下廚就開心的人說燒飯沒什麼，用心而已。用心，就會想炒菜怎樣能炒得鮮翠爽口，煎魚怎樣能煎得香酥不黏鍋，糖要在什麼時候放，鹽要在什麼時候下，每個環節都不馬虎。我是勉強到達燒得還可以吃的階段後，就不思精益求精，只想著有空去躺在沙發上看書，或看食譜料理書多好。要是有一天，我忽然洗心革面，每日不厭其煩在廚房想著如何燒菜燒得完美，收拾善後刷鍋洗碗時也開心如在樂園，做菜燒飯之前的大熱大冷天買菜、拎菜回家，一路還有餘力想著要怎樣安排菜單，調度食材，並覺得其樂無窮，那我想，上天對我就會有不同的安排，事態就會轉向變化，比方說，先生有時會講家裡的菜清淡少油，但寡味了點，好想出去吃兩個有點滋味的菜啊，你晚飯就不用燒了。或者兒子也會打電話來說媽呀，來我這裡吃飯吧，我燒了菜，紐約回來的那個誰和你認識的那個誰誰誰，也帶了好多菜來，我們吃不完啊，快來幫忙吃啊！

你相信會有這樣的事嗎？我相信事情會連環變。變的源頭，我相信在我。我變過一個人，事情就會不一樣。不信請看周邊的人，想結婚的人結不成婚，不適合婚姻的人會走入婚姻，喜歡小孩的人沒有小孩，不想要小孩的人會有小孩……所以我要是熱愛燒飯，就不會活像要創下金氏紀錄一樣每天燒飯燒不停。

問題是我一有空，總立刻抓本書，躺在沙發上。因此說到要變個人，再導向連環變，實在不怎麼簡單。

最近看上海作家邵宛澍的書《下廚記》，書裡寫種種我從小吃慣的上海口味：奶白的大鰱魚頭砂鍋，不是燻出來的燻魚，鮮香無比的醃篤鮮……真的好吃，也真的好看啊！一邊看著，一邊我回到過去，回到小時候，回到母親當爐的廚房，站在母親身邊，看她烹每日三餐，看她做年節大菜。母親手下出產的食品可多了，她自己醃鹹肉，灌香腸，做酒釀，製泡菜，糟雞糟魚，她自己炒豆沙做八寶飯，攤蛋皮做蛋餃，打魚肉製魚丸，拆魚肉炒魚鬆，調餡擀皮包水餃、餛飩，湯圓、包子、蔥油餅也都從揉粉發麵開始自己來，我幫她調過沙拉醬，在蛋黃裡一杓杓加進沙拉油，用筷子慢慢畫圈圈調勻……我幫同她把豔紅的李子加糖熬煮成酸香濃稠的果醬，小心翻動，不讓黏鍋……母親還自己熬豬油，熬出來噴香的豬油盛在粗陶罐裡，凝結成雲白油膏……沒有烤箱，我們用煮飯的電鍋蒸出香軟的淡黃色蛋糕……

在上海做小姐、太太，不用親自下廚的母親，來到臺灣，動動心思，想想以前吃過的菜，很神奇的，就能夠動手主中饋，而且母親燒飯，每樣都是由處理食材開始，可不是像我這樣冰箱打開，拿現成的包子出來熱一下，拿現成的水餃出來煮一下，或想著怎麼來燒個簡單的湯，不麻煩的菜，或簡單的菜，不麻煩的湯。

我做的那些簡單的湯，不麻煩的菜，或簡單的菜，不麻煩的湯，不挑剔的話，也吃得，或許也不算難吃？比方我做的洋芋沙拉，洋芋、黃瓜、胡蘿蔔、肉、蛋等料很足，也還可口，不過沙拉醬是買現成的，當然不及母親教我調製的香醇天成。

幸好母親的好手藝，都傳給了我的嫂嫂。我這笨女兒，只是漫不經心的給母親打打下手，雖有鍋邊嘗鮮特許，後來有的菜，我在自己的廚房裡也燒過，當然遠遠不及母親的水準。不過，我知道濃油赤醬的上海菜為什麼吃起來不膩味，還爽口，這裡面藏著有藝術。

不過，唉，等會兒又該燒飯了，閒話少說，還是抓緊時間來看烹調的藝術書吧。

三十三年前的那個夏天

夏天，回高雄。去到高處，就找家的位置。在哪裡啊？都是大樓，以前沒有的，我抱怨。

家裡的孩子——都已經是青壯年的孩子，我的姪兒，就告訴我：孃孃，你看那裡，從那兩棟大樓的中間看過去，就是了……

是嗎？那兩棟嗎？我努力搜尋那兩棟大樓的中間，中間，再過去，就是老家的方向。

大概看我一臉茫然，毫無頭緒的樣子，青壯年的孩子更加細心指點：孃孃，那裡，你往右邊看，右邊，再右邊一點……

噢，噢，那裡啊？我嘆息。

謝謝啊，你們這些孩子，地理上的方位，我知道了。我努力擺出聰明的樣子點頭後，暗自在心裡琢磨，白雲蒼狗，其實我想看的老家，要去別處找，要去回憶裡頭找，要去老照片裡頭找，要跟曾與我同行過的人一起找。也其實，現在，家人就是我的老家。回到臺北。念著老家，念著在或不在的親人，念著與我同行的人，念著我們一同走過的歲月，我翻出了一封三十三年前的夏天寫給獄中先生的，關於親人的舊信，以及幾張當時攝下的那封信裡頭所寫場景的照片。

忠信：

剛把爸爸和三哥他們送走，這回很匆忙，小孩子們也沒游成泳（小卉來時正在感冒，她媽媽不准他們下水），不過仍然玩得很開心。他們都好喜歡我們家，三嫂說比以前的屋子好，小孩子們更是不嫌煩的一再讚美：「孃孃家好漂亮啊，真漂亮啊！」好像我們家真的有多漂亮似的，小珮現在的志願是：「孃孃，我以後長大了，來你們家給你燒飯，你付我薪水噢！」

孩子喜歡這裡，大概一來是屋裡鋪了榻榻米，他們可以任意坐臥，肢體非常自由，而吃飯在陽臺，睡覺是打地鋪，簡直像露營一般；二來外頭空間廣闊，可跑可跳的地方大，可玩可看的東西多，他們一進屋，看見我的青蛙照例在廚房跳來跳去，就非常敬重的看著牠，讚美牠好會跳，後來又去蘭溪邊捉回好多蝌蚪，養在水盆裡，臨回去還在幻想下回來，一開門就會有好多好多，幾百隻青蛙跳過來迎接他們。

我真喜歡看這些孩子接近泥土山水時那份興奮，自然像他們的家，他們跑啊跑，撒開了手腳到處飛跑，在草坡上忽上忽下的玩。一到溪水

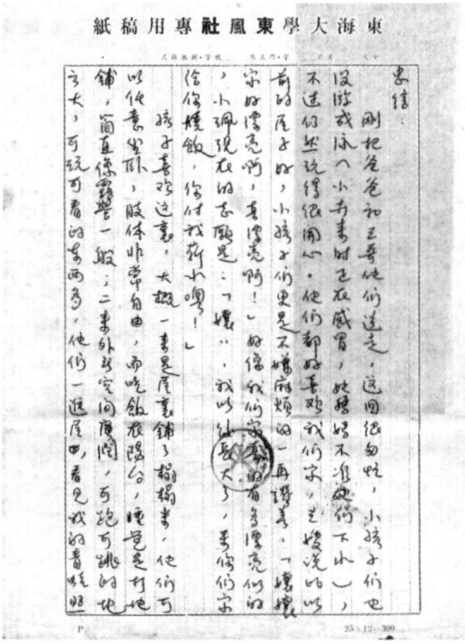

這是寫給獄中先生的第二六六封信，及所附剪報，信與剪報上都蓋有檢查通過的平字紅章。信寄出後一個半月，父親長逝。之前的信裡常常寫到爸爸瘦了，爸爸剛病好，希望爸爸更有體力這些事。但是爸爸八月這趟來，看起來真的還不錯，也能走很多路。同年十月，陳忠信出獄，他沒來得及送爸爸。

邊，他們就趕緊脫鞋下水，一跤跌在水裡也覺得痛快。孩子是應該這樣長大的。爸爸看起來比上回我回去時好多了，還不夠胖，但氣力、精神頗進步。希望這次來不致太累。今天早上我們去烏來玩，一路上他一直很有興致，我們又坐纜車又坐臺車，還爬了些坡路，看他倒還很有勁，我很高興。

小義也很可愛，他是個忠厚孩子，常常笑咪咪的，我一見他那個樣子，心裡就笑起來。他正在學講話，講話有趣極了，常常嘀嘀咕咕的。他有時會沒來沒由的叫一聲「孃孃～」，然後笑咪咪的望著你，沒什麼事，只是表示他喜歡我。我問他鼻子在哪裡，他就指鼻子給我看；問他腳在哪裡，他就抱起腳給我看；屁股呢？他趕忙翹起來給我看。他的樣子，完全是祖父的翻版，妙得很，年歲差了八十歲的兩個人會這麼像，爺爺怎能不疼孫呢？

隨信附上剪報一篇，你也許想買《尊聞錄》一書吧？若要我即替你買。我把敦煌一系列的書目也印了給你做參考。

祝

愉快

香燕　七十二・八・十四（第二六六封信）

我拍照的技術真差，我快寫的一筆字真難看，不過，我所愛的，在或不在的人，無意中我為自己留下了他們的剪影。

老家的孩子都長大了。小珮，現在是燒飯烘焙的高手，專業級的，她若來給我燒飯，我可付不起她薪水。她姊姊小卉，也是烹飪高手，且盡得她媽媽真傳，她媽媽，我嫂嫂，還有另兩位嫂嫂，盡得我媽媽真傳，所以，上海菜的傳統在我家沒斷。小義，還是可愛、忠厚，而且長成頭腦清楚，又能幹的男子漢，那個翹屁股給我看的小男孩現在簡直是一根撐得住天的高壯可靠大柱子。都是讓人疼的好孩子。

三十三年前的那個夏天，好像去今不遠，好像因為從那時候到現在的每一天都沒有省略掉，都是一步一步走過來的，所以我可以踩著那一步一步踏下的腳印走回去，回到那個夏天。

三十三年前的那個夏天……

後記

題為〈三十三年前的那個夏天〉，因為是在二〇一六年寫的，現在算，是三十六年前了。踩回去的步子多了，但是那個夏天還在那裡。

百鬼夜行

出於惡意，惡從膽邊生的惡意，而做的事，常常是瞞著人，暗地裡做的。

好幾年前，孩子還小的時候，有一次，在地方公職選舉後，先生所屬政黨席次頗有增加，雖然多年來歷經各種選舉，潮湧潮退般，或歡喜，或失落，滋味遍嚐，但我總還是無法在票開出來的那天淡然處之，先生卻是選輸了也照樣倒頭入睡，睡醒起身即立刻重頭收拾舊山河。那天，席次增加了，很開心。

我家從來沒有什麼勝選慶祝的儀式，不過剛好第二天晚上原本就有一場家族餐聚，我們一家三口便輕輕鬆鬆在傍晚整裝出門聚餐。

回家時還不到十點，一進門就覺得不對，好像屋裡有不同於尋常的氣流。開燈後看見廚房的磁磚地上滿布碎玻璃片，朝南面山坡的一面大玻璃窗破了，不知被什麼外力擊破，玻璃碎片朝內飛散，落了滿地。

誰會在晚上摸黑到草木叢雜的後山坡上，對準我家砸窗玻璃？這個人很知道我家在幾樓，哪幾扇窗是我家的，這個人大概也看見我們一家在傍晚出門，知道我們不在家。

我們報了警，收拾好滿地玻璃片，第二天也跟管委會說了事。這件事，警察和管委會是查不出來的，不過他們說會去訪問一下鄰居。那麼，砸玻璃的人出了滿腔惡氣後，知道有人注意，理當收手吧？

我也訪問了幾位鄰居，鄰居都說對，那時候是聽見很大一聲哐啷響，不曉得哪裡傳來的，原來是你家啊。

那麼，接著有沒有聽見狗叫聲？我問。

這是一個很重要的問題。警察絕對想不到要問這個問題。

沒有，沒有聽見狗叫聲。大家都這麼回答。

犯案者是誰，我心裡已經有猜測的方向了。

後山坡上，住著好幾戶人家，有一戶養了幾條特別厲害的看家狗，外面只要有人走過，狗必在院子裡面狂叫。狗只聽他的話。或也聽他家人的話？

總之，晚上要摸黑走在群狗的守備範圍，於後山坡上簌簌越過雜木林，抵達能看見我家後窗的地點，蹲踞埋伏，確認其他家皆無人到後陽臺透氣、抽菸或洗晾衣服後，用力投擲石頭之類的重物打破我家窗戶，然後摸黑離開犯案地點，一路都不引起一聲狗叫，那只能是狗認識的人，狗聽命的人。

偵探小說女王克莉絲蒂有本書叫《沉默的證人》，裡面的偵探白羅偵破命案的關鍵出發點就是狗，就是到底那家的狗有沒有把球放在樓梯頂，害女主人踩到摔下去，還有，出事的那晚，狗是不是整夜在外遊蕩，直到凌晨才回來，汪汪叫著要人給牠開門。所以說，狗做了什麼，或沒有做什麼，至關重要。還有，狗叫有含意，狗不叫，更是意味深長。

女王就是女王，不但通人性，因此構想出好多精采絕倫的情節，她還解狗性，才編寫得出那位沉默的狗證人。

我家這樁案子，狗也作證了。過一天，還出現了犯案的工具。找到的人是樓下鄰居太太。

鄰居太太不一定看過克莉絲蒂，不過她有克莉絲蒂氣質，就是夠敏感，對這個世界極感興趣，她曾經告訴過我她如何證明了社區的某人和某人做了出軌的事情。總之，她在她家後門外擋土牆邊一個角落，要不是她勤於打掃，絕對不會注意到的一個隱僻角落，發現一球乒乓球大小的，硬硬的、暗灰的彈丸。她拿上樓來給我看，又說她先生說了，那是一種樹脂做的彈丸，硬度非常高，絕對可以打破玻璃。

後窗的玻璃還沒有重新裝配好，窗上還留有殘破不全的玻璃，我們倆拿著樹脂彈丸過去一比對就發現殘玻璃上有塊缺口正好部分呈半圓的弧形，和彈丸吻合！想來這硬度很高的彈丸強力打上玻璃窗後，震破了玻璃，玻璃朝屋內飛散，彈丸則彈落底下人家的後門外。

鄰居太太把彈丸交給我，指指後山說你記得我告訴過你嗎？幾個月前有天下午，養狗的那個人好像喝醉酒一樣在我們這棟樓前面走來走去，大叫你先生的名字，叫他出來，我出去說你們不在，叫他不要叫了，他才回去。

我記得。她不提醒，我也已經想到了。我現在手上有了犯人作案的工具，有了沉默的證人，還有鄰居太太提供的訊息，但是我不能扮演白羅，第一是因為犯案者存心恐嚇，但大概沒有傷人的企圖，第二是因為這些證據和證人在有克莉絲蒂氣質的人看來，是把一塊塊案件的拼圖碎片拼起來，犯案者呼之欲出，但要以這些拼圖碎片拿出去公訴，還有所不足，警方或法界不一定看重狗的證言。克莉絲蒂的辦案方式或許只存在於小說裡。

因此我再度聯絡管區警察，告訴他們我所知道的事，請他們來比對樹脂彈丸和殘玻璃缺口的弧線後，把彈丸交給他們。我相信事情到這裡應該是了結了，但若還有後續，他們要知道可以往哪裡查。

人的惡意，可能是無邊無止境的，出於惡意，惡從膽邊生的惡意，而做的事，常常是瞞著人，暗地裡做的。也許應該慶幸我們生活在惡意被壓制，必須放在暗地裡的百鬼夜行的社會。有的社會不是這樣的，有的社會放鬼白晝行。

這些年，我不時走過後山坡上的那些人家，照例，遠遠聽到我的腳步聲，那幾條好厲害的看家狗就開始在院子裡騷動，我一走近，牠們馬上狂叫。牠們應該是第二代、第三代的狗，但是跟第一代的火氣一樣旺。牠們的主人倒是老了不少，臉上現出疲態，無名火氣看起來弱了，碰面時，我們會點頭為禮，說不定還寒暄幾句：

早，你在採什麼？他問。

早，我在採貓喜歡吃的草。

噢，貓喜歡吃的草，是哪一種草？他又問。

是這種～我們底下路邊最近除過草，貓草也被除去，要過一陣才會長出來，你們這裡倒還有。

……

看見他，我總會想起窗玻璃的事，我也總會用克莉絲蒂的眼睛看著他問：是你嗎？

當然，我是在心裡問。

沒關係，他和善的說，你盡量採，狗不會怎樣，你不要怕。

謝謝，我不怕狗。我說。

為什麼要怕狗？這個世界的惡行，沒有一樁是狗犯下的。

大哥遠行

大哥遠行了。

這幾年大哥身體不好，行動不俐落，腰彎背駝，耳朵也不行，但是見面看到，或接通了電話，他拖長聲音喊我「小妹～」的腔調，還是跟以前，跟年輕的時候一樣，好歡喜，好高興，純粹的歡喜，高興。

但我常常不知道要跟他說什麼。常常我問他，大哥～你好不好啊，身體怎麼樣啊，有沒有出去散步啊，愈說愈覺得我是在對變小的大哥說話，好像我比他大了。真不習慣這樣。好像不久以前大哥還讓我猴子一樣攀在他身上，他還騎腳踏車帶我出門兜風一圈又一圈，他還瞇眼笑看我在沙發木扶手上邊唱邊彈鋼琴入門曲，然後不時逗我說小妹～

來，來彈淘米來，淘米來，淘米沙發米來米～

不過大哥的小妹是長大了，不再攀在他的身上，不再在木扶手上彈鋼琴，自己會騎腳踏車，然後，走了滿曲折辛苦的一條路，這樣還能不長大嗎？

大哥是不樂意看我走曲折辛苦路的。

大哥唯一一次對我板起臉孔說話，不是先生涉入美麗島事件，被捕入獄的時候，是先生出獄後，我們一起回高雄，隨兄嫂去父母墳上祭掃報告，行禮完要離去的時候。那時候，在太陽底下，大哥忽對我們說：「小妹，你們現在，我看忠信要去好好找個穩定的工作才好，這要緊的。」

我聽他喊小妹那一聲都不像平常那樣拖長聲音喊，再看他臉繃得緊緊的，知道他是想了很久，覺得非說不可才說的。

一向不喜被人念的拗脾氣小妹，受挫摔跤了也還是不喜被人念，不過對大哥，不可以兇巴巴頂回去的，而且我想到，爸媽不在了，他這是代替爸媽在說我們，我就說好啦，會啦，你不要擔心啦。

我看得出他還想多說點什麼，但是對我，不乖的小妹，實在說不出來，就罷了，板起的臉也慢慢放鬆了，我一對他笑，他就又對我瞇著眼睛笑，像平常那樣。

陳忠信在出版界工作了一段日子，也在報上寫專欄，後來出了幾本書，再後來，又回到政治圈工作，非常投入的貢獻所有心力於轉型中的臺灣。但他的這些工作，真不是大哥說的穩定的工作。

跌跌撞撞，曲折辛苦，走了這麼些年，不過我們有了房子，養大兒子，後來又養兩匹貓，我還把養兒子養貓的經驗寫下來，出了書。書給大哥後，沒聽他說什麼，大哥對我的書好像沒什麼興趣。可是二〇一三年我又出了本書，講我出生以後一路走來經歷的事，也講我出生以前，爸爸媽媽走過的路。

這本書倒很中大哥的意。大嫂說她自己是看了這書才瞭解陳忠信這個人，又說大哥很喜歡這書，很高興我寫了從前的事，很高興我寫到他。大嫂這樣說的時候，大哥在旁邊瞇著眼睛笑，他耳朵不太好，也不曉得他聽明白我們說的話沒有。

幸好我的這本生命之書在大哥在的時候出了，給大哥看過了。那時候，他的身體相對還算硬朗，還可以看書。

大哥走了，沒有人像他那樣拖長聲音喊我「小妹～」了。

二哥總喊我「妹妹」，三哥常喊我「妹～啊」，他們叫我好像都不會加個「小」字，大概是他們跟我的年紀差得比較近，我會走路以後，看我一天天追在他們後面跑，煩得很，也愈來愈不覺得我小？可是大哥，最初見到我的時候，他就是個好大的大孩子了，他眼裡的我就是小，所以我是小妹，是聽話也可愛，調皮也可愛的小妹，是要拖長聲音喊「小妹～」的小妹。他把最初疼我哄我的腔調一直延續到我不小了，一直延續到他老了，一直延續到最後。

見他最後一面的時候，他口鼻戴著供純氧的氧氣罩，精神好旺，捨不得睡去，還瞇著眼睛笑，小小聲的一一喊眼前的人，也喊「小妹～」。我看他那兩天一直不肯好好睡覺，一下要這樣，一下要那樣，把大嫂累得不行，又看他吃了營養奶品和蒸蛋，臉色好紅潤，再握握他的手，手心也溫暖，我不覺得他快要走了，就大聲大氣，用這幾年我對他說話的，好像我比他大的語氣指揮他：大哥～你沒事的啦，你放心好好睡一覺，睡一覺你就會很舒服！我會再來看你。你就睡嘛，沒事沒事的啦！

大家都這樣保證，大哥也終於累了，到晚撐不住就睡了。他睡了好長的一覺，睡到第二天傍晚也沒醒來，睡夢中就過去了。

大哥～我好驚訝你就這樣睡過去了，我以為你吃飽飽，睡飽飽以後，醒來還會繼續要這樣要那樣，折騰大嫂，累壞兒女，讓我不得不再來大聲大氣吆喝指揮你。但是我沒有騙你吧？這一覺真睡得舒服吧？好多人聽說你這樣好眠好睡都羨慕你呢。

大哥～你喜歡我寫到從前，寫到爸爸媽媽，寫到你，那我把我猜你最喜歡的書裡三篇文章，又增加了很多照片，放在部落格裡，送你遠行。你吃飽飽，睡飽飽，放心不怕好好走。

大哥～你放心不怕好好走。

紀念冊：The Days 1999-2008

二〇〇八年夏天，兒子快要遠赴英國念書了，忙於各項準備之際，他還在電腦前面不慌不忙翻閱舊照片，說要編一本小小的紀念冊給我們。他爸爸火爆急性子，說事情那麼多，搞這不急之務做什麼！

兒子說，爸你不要管啦，我做好你看就知道了。

慢性子的我知道兒子要做什麼，也知道他的用意，不過看他出國在即，事情實在不少，不由也有點心慌，就說照片太多，也別一張張看了，趕快隨便挑挑，只要注意別挑我們很醜的照片就行了。

兒子有時候會搞怪，說是拍生活照講求自然，因此他會拍到我們日常不講究衣著、儀態的難看照片。他小時候，我們去東部旅遊，在旅館放下行李後，他爸爸說：我睡半個鐘頭就起來，你們也休息一下。不要照我睡覺！

末尾補的那句當然不是對我說的。等他很快睡著，鼾聲大作後，兒子立刻忍笑看我一眼，我也忍笑看他一眼，同時對他搖手又搖頭。他當然是不會理我的，像狼一般掩至適當位置後，悄悄舉起相機，對著床上衣冠不整，肚皮鼓起，呼呼大睡的爸爸，攝下一張經典睡覺照。

兒子說如果正常給爸爸拍照，他都是一種姿勢和一號表情，像個人形立牌一樣，十分無趣。所以要偷拍，要搶拍，才會精采，才會自然。

不過紀念冊是送我們的感謝禮物，當然不能放那一類讓我們不悅的不雅照片。他現在也不是小孩了，挺有孝心的，知道不可無故觸怒父母大人。

照片挑好了，他開始在電腦上排版，排出三十頁的內容後，裝在光碟裡，送至印刷公司。沒幾天就拿回來一本橫開本，黑色布質封面、封底和書背的薄薄紀念冊。封面正中橫置一張去日本旅遊時，我和他爸爸走過通往 MIHO 美術館的隧道時拍的照片，光線柔和，景深足夠，放在這裡，是為顯示通往記憶之路。這本紀念冊的標題就是：

The Days 1999-2008

翻開第一頁，再看到一次大字 The Days，但在底下加了一個小字：WE。
再往後翻，就是我們生活、旅遊的記憶。
我一邊翻看，兒子一邊在旁邊逼問：怎麼樣？好看嗎？感不感動？
好看。感動。我說。
是真的。好看。感動。
然而，說是從一九九九年開始選出照片，但那時候兒子剛上高中，我們也還沒有數位相機，因此這本紀念冊裡並沒有那個階段的照片。不過我知道，雖然沒有那時候的照片，兒子的心意卻洋溢在那沒有放上照片的冊頁年月中。那是他自覺長大的年月。
翻開紀念冊後，我先看到的是二〇〇五年，我和兒子的紐約行照片。
紐約行，是很重要的一趟旅行。我和快升大四的兒子暑假自由行一星期，兒子定居紐約的表哥帶我們逛了一天，我們也和一位在紐約工作的朋友見了面吃晚飯，其他時間我們自己遊逛。紐約的中央公園和自由女神，紐約的摩天巨樓和大街小巷，紐約的百老匯歌劇院和百貨公司，紐約的大都會博物館、自然歷史博物館、航太博物館、古根漢博物館及現代藝術博物館，紐約的哥倫比亞大學和大棒球場，紐約的九一一雙塔遺址和傷痛……我們都去看去碰觸了。我們觀看著紐約，品嘗著紐約。

第二天以後，每天早晨，我們固定去街角一家叫 Pax 的餐飲店吃早餐，同紐約人一起吃早餐。穿黑色正式套裝，帶大型黑色公事包的美麗女子喝完咖啡後，等一下大概會去哪裡出席建築的、法律的或醫學的會議？穿藍色休閒襯衫的中年男子看完手上的報紙後，大概會散步著穿過公園，回家繼續寫他小說的第三章？那邊的老先生、老太太，一邊咬著燻雞肉三明治，一邊笑看桌旁推車裡的孩子，一邊和孩子的媽媽說話，他們大概是來紐約渡假兼看女兒和外孫的。我們著迷的看著紐約人，對我來說，這些紐約人像是從我看過的許多小說裡走出來的人物，對兒子來說，他們彷彿是他看過的許多電影裡的人物，也像是未來他會認識的人物。

MoMA，紐約現代藝術博物館，像是兒子的聖殿，像是他做夢去過的地方，像是他靈魂所屬的地方，更是他未來也會流連的寶地。萊特設計的古根漢博物館也是兒子的聖殿，我在對面街上一眼看見它正被半遮著整修的外牆，迷惑著不知要如何看待它，歸類它時，兒子就啊一聲接受它，愛上它了。待我們走進大廳，抬頭望著從地面一路沿牆朝天頂盤繞上去的，摸上去質感厚實，但又如音波般輕盈繚繞的白潔觀畫走廊，我才比兒子慢了好幾分鐘，啊一聲接受它，愛上它。

我們一天天指點著紐約，談論著紐約，到要離開紐約時，我知道這是開眼的兒子一定會回來的城市。

二〇〇五年，是我們驛馬星動的一年。那年年底，全家三人一起去京都旅遊。

京都，這又是一個小說裡走出來的城市，對我來說，可資聯想的事物目不暇給。對先生來說，千年皇城的史蹟讓他浮想聯翩。對兒子來說，寺廟多得讓他頭痛，寺廟裡摩肩擦踵，或大排長龍的觀光人潮也讓他有點吃不消。不過，清早在東寺的晨光裡遠遠於庭中一角吹奏古簫的人影，和悄悄走近來讓我們撫拍的溫柔白貓，也讓他感覺到一種安靜的美。這種安靜的美，經過時間淘洗的美，在京都許多地方看得見，彷彿是飄在空氣裡的，會這裡那裡游移的流雲。夜晚在祇園燈影閃爍的白川，川上引人駐足的石砌小橋，川邊推開窄門進去的暗暗小食堂，能感覺到流雲繞擁。白天在哲學之道上光點閃動的樹影流水，花木間一溜煙閃過的黑白貓，小道左右兩邊的樓院寺庭，亦能感覺到流雲行過。

京都也有很好的現代建築，由原廣司設計，建於一九九七年的京都車站，像座上演各類戲劇的現代大城堡，扶梯、走廊、空中通道把不同功能的各樣空間串聯組合起來，十分迷人。我們在這座大城堡裡上下通行，左右探看，像玩迷宮遊戲一樣。

由京都車站坐火車，再轉乘巴士去的山中桃源——貝聿銘設計，一九九七年開館的美秀 MIHO 美術館，我們一路經田野，緣溪行，走花徑，過山洞，越吊橋，方抵達。現代鋼骨玻璃大理石的建築，在大自然面前，卻非常謙虛，不想僭越，靜靜以建築師個人的設計語彙，向周遭山野及日本傳統之美致意。我們則在館內外盤桓、進出，向這一切致意。

京都之行的光影，留在這本紀念冊裡了。

二〇〇六年夏天，兒子由物理系畢業。畢業典禮那天，我和他爸爸隨他在校園裡繞了一會，去了他的系館，也去了他大四那年常出入的城鄉所教室。感謝上天，順利畢業了，當然要攝影留念。我們的欣喜，收入這本紀念冊。

接著是當兵的歲月。我們帶著吃食去宜蘭金六結看受訓的兒子，一路開車前去的心情，有點像他小學時代第一次離家，去楊梅的埔心牧場參加棒球營，我急著要看他好不好，第三天就催著先生開車帶我去楊梅那時候的心情。

我們到埔心牧場時，沉迷於棒球夢想的兒子正在棒球場上練習，教練准他出場一會，他就有點靦腆，但又看得出是開心的走過來。我問他好不好，他點頭說好，然後帶我們到過夜的帳篷前邊，他鑽進去拖出一包換下的髒衣服給我，簡單講幾句話，就又跑回去練習了。我們在場邊看了一會，跟他揮手說再見。先生說可以啦？夠啦？你不過去抱抱你的寶貝啊？

我說可以了，看見他好，又拿回這些髒衣服，就夠了。

在金六結也是這樣，相伴在營區走走，樹下草地上坐坐，野餐一下，先生躺在草地上睡著了，兒子照例偷拍一張爸爸呼呼大睡的照片，然後同我看看我們帶去的雜誌，隨意聊幾句閒天，這就很好。放心了就好。

當時那份終於放鬆的心境，留在相片上，也收入兒子製做的紀念冊。

二〇〇六年秋天，家裡有了貓，一匹流浪虎斑貓先生，第二年又來了一匹虎斑貓小姐，那兩位立刻躍居我們視覺的焦點，他們打打抱抱的貓日子，讓我們的人日子也添了不少歡喜色彩。紀念冊上，當然少不了這兩位先生小姐或坐或臥的玉照。他們一出現，好像我們怎麼留神睜圓眼睛或擺出姿態，都沒他們上鏡好看。

但我捧著紀念冊，兒子給我們做的紀念冊，從前翻到後，從後翻到前，也不管自己好不好看，上不上鏡了，只是感動。不過，也好看的。紀念冊裡的我們，和貓，都好看的，都不經意的穿行在時光裡，觀看，凝想，微笑，好像都靜下停格一會，跟正在看紀念冊的我，對視一會，然後就將起身，舉步，轉首，走向未來的歲月。

The Days……

回去，離去

小時候我看書看報，簡直是狂吃狂飲般，精粗不分，什麼都看。文藝作品看多的壞處可能是你會覺得那裡面的世界比現實的世界還要真實，現實的世界比較無趣，而你飄飄在文字織就的世界裡走著走著，在現實的世界裡就變得比較無能，比較出離，比較不食煙火。

那時候倒還看不太出這可能會有的毛病，受寵的我因為功課不錯，作文拿高分，得到父母過度的贊許，渾然間變成一個有高度自覺，行為表現不出格，某些方面相當嚴厲的女生。對於我認為是對的事情，我會相當堅持，不計成敗。堅持就是意義，這是我固執的準則。

然而我又心軟戀舊，常常別人都放手往前跑了，我還在後頭磨咕著不肯放手。

上大學後第一個聖誕假期，我沒有在聖誕氣氛濃厚的基督教大學校園裡和同學一起過。我回家了。因為我知道爸媽想我，因為我出生、成長的那個日式平房村落就要拆除，下一年我們就要搬家了，搬到沒有院子的公寓。我熟悉的各戶鄰居也要打散了搬到不同的公寓。有一個關門各自花草院落，開門有巷弄馬路通連各家的地方，就要沒有了。

那個聖誕夜，高雄難得的冷，外頭風颼颼的，風從圍牆外颳過高樹，擊打窗櫺屋瓦。爸爸、哥哥都有應酬有活動不在家，媽媽說早點上床吧，窩在被子裡暖和，我說好，就拿本小說坐到媽媽腳跟頭，跟媽媽蓋一條被，背後墊靠枕頭，隨意讀兩頁書，隨意聊幾句話，講講學校的事，講講家裡的事。媽媽看起來很舒服，很高興，我也覺得心裡踏實，幸好回來陪伴半年前剛動過大手術的媽媽，不然她會覺得寂寞吧。

大二那年，我們搬家了，搬到有四個房間和前後陽臺的公寓。我們的第二隻狗在這公寓裡老病而死。那時候我在學校。

逢假日，我還是常回家，不過逐漸增加內容的校園活動，終於讓我這個南部來的靦腆女生成為有大學生活的大學生了。我跟大家一樣穿起紅帶夾腳拖鞋，穿梭校園各處，自覺隨意不羈。這樣子要是讓爸媽看見，一定覺得像浪人一樣沒款。

關於鞋子。有一次我在臺中市區買鞋，看到一雙包頭包跟的麂皮平底鞋蠻不錯就買了。買了以後穿著走在校園，卻覺得鞋不跟腳不好穿。原來那平底鞋的底平得徹底，裡外都平得徹底，又硬，每一步都得使勁讓鞋底後半部拔離地面，才能跨出去。

早知道不買了！不過我發現一個臺北來的高䠷時髦活躍女生也買了同款鞋穿。那表示我的眼光差不太離嘛，只是不穿誰曉得那麼難穿。我就繼續穿，穿到鞋終於壞了才鬆口氣不穿。當然那個臺北女生早不穿那鞋了。她一定也覺得不好穿。她是常常在音樂系館瞪大眼睛唱女高音的家境富裕的女生，完全不符合人體工學的不良設計，當然早拋棄不要了。我不一樣，我是父親退休，家裡沒有進帳的南部女生，買到壞鞋也要穿到鞋壞。

忍耐的人生哲學，早早就附在我身上了。所以我是完全沒趣的人。

有趣的人是誰呢？是會在音樂系館瞪大眼睛唱女高音的臺北女生。我們學校這樣的女生不只一個。音可以努力拔高，但是唱得並不好，每次都讓坐臺下的我聽得心驚膽跳，怕她危危顫顫上不去，摔下來，斷掉。

這些女生都有一點歌唱天賦，不是頂好，但父母親認真呵護她們天賦的苗尖，盡可能的拉拔高，拉到大學，知道不可能再高了，不過不要緊，她們已經理解音樂是怎麼回事，也敢登臺，敢表現，她們內裡的苗尖尖已經繞過音樂的山，變成一道橋，攀過河，到達另外的天地。她們，敢於呈現不夠好的自己，日後可以做很多的事，音樂家以外的很多的事，與音樂相關，或者不相關。

我沒有這種膽氣。要是小時候，我那一點點喜歡跳舞的苗尖尖也被呵護著拔高了，會得自行繞過高山，尋找出路，我可能也會眼睛放光膽子大吧？

有趣的人是誰呢？是會在校園舞會開始前十分鐘，跑到我們寢室借釘書機的隔壁隔壁間臺北女生。她眼睛放光膽子大，借釘書機是要把稍稍嫌長的洋裝下襬變短。我們都哈哈大笑，看她把身上洋裝下襬提起，隔一小段就釘一針，後邊由別人幫忙也釘上幾針，這樣幾下就改短洋裝了。

是這種魄力與奇想讓一個人有趣。我沒有。我會想衣服被釘壞了怎麼辦？多可惜啊！那是花多少錢買的啊。要是我這樣問改短洋裝的臺北女生，她會揚眉說不是多特別的衣服，好便宜，沒關係啦，而且要是被釘書針釘破一點，以後乾脆把下襬扯成一圈毛鬚鬚也可以啊！

於是我很佩服的笑完了，繼續寫我的文學報告，或去浴室洗衣服。

很少人請我去舞會。很少的人請了我我也不去。因為我不覺得舞會有趣，我不覺得請我的人有趣，大概我也不覺得我自己有趣。

你可能覺得這樣的我沒救了吧？沒辦法，我就是這樣的。

然而我的大學生活愈來愈好玩了，我被拉去淑女社團蘭馨社學會烤蛋糕以後跳出來，又淡出一位朋友硬拉我去的平劇社，還在想是不是跟著常思考人生奧義的另一位朋友去參加查經班，卻因為好奇，參加了野鳥社，變成臺灣最早的野鳥社友，常常像模像樣抱著望遠鏡去野地或山上賞鳥，其實我看見的比鳥更多，不只是鳥，有點像是，發現臺灣。

可惜大四一下子就要過了。除非考進研究所，畢業後不能再待在我愈來愈喜愛的校園裡。

大家都在想何去何從。常思考人生奧義的朋友，成績優異，系上老師強力建議她考研究所，她卻不顧惜的笑著婉拒了。她想要工作，也想著要如何在畢業前，向從未仔細看過她的一個男生告白。

她真去告白了，對方吃驚表示感謝和拒絕後，她說沒關係，她只是想要說出來，說完她就打包回家，不說就永遠沒機會說了，可能以後會後悔。

朋友幾乎是昂揚的回到宿舍，笑著述說現場實況。在畢業前夕一片兵荒馬亂忙打包的氣氛中，我很欽佩的望著她，想不到她有這勇氣，又能這麼漂亮的放開手，真是個女英雄。

畢業後幾年，我的工作軌跡一路由南部、中部，劃到北部。和勇敢的朋友同在臺北工作了，因此有時候我們能相約至兩人辦公室中間的地方快快一起吃個午餐，講些生活點滴，再各自回去忙工作。一次她約我去一家新開的西餐廳，坐下後她說，最近常常在這家漂亮餐廳外面走過，會停下來看裡面吃飯的人，覺得他們好幸福啊，就想我們怎麼不行？我們怎麼就要待在外面看？花一點錢，又不是多貴，跟這些幸福的人坐一起吃飯，讓自己開心一點，又不是多難！是不是？有沒有覺得比較幸福了？你看你旁邊再旁邊，剛進來的，不是演那個賣座片的明星嗎？

我半轉頭去看。正要落座的，果然是那個女明星！她穿一身黑，高眺，鬈髮，笑著，氣派十足。

我和朋友的成長基因讓我們都有不隨意花錢的習性，為自己花錢，只是一頓商業午餐，還莫名其妙會有罪惡感，需要勇氣突破。我看著眼前這位傳統商家的女兒，正促狹望著我笑的朋友，再看看光線明亮，布置了好多綠色植物，還坐著有女明星和其他幸福人的室內空間，就笑說，嗯，很幸福，聽你是對的！

幾年後，女明星星途情路不順遂，有自殺新聞見報。而朋友在結婚、生產後，得了憂鬱症，於一個冬日的早晨，抱著襁褓中的嬰兒，泫然欲泣，出現於我工作的辦公室。跟她說了一陣子話，帶她去吃了東西，送她回去後，我想到以前昂揚的她，我想到跟我們一起在明亮空間裡吃過飯的人，我想到勇氣這個東西，不是簡單的構成，誰知道勇氣之源是什麼？我想到此後不曉得我們還要攀過多少高山，跨越多少河流。

我常常因為缺少勇氣而往回走。當時，在畢業前宿舍兵荒馬亂忙打包的氣氛裡，我跟室友說，我決定要回南部找工作，因為父母年紀大了，他們辛苦供我讀完大學，期望我回去，我覺得我應該回饋他們，也應該陪陪他們，回應他們的期盼。

類似的話，我在幾十年後聽到一位年輕朋友這樣對我說。我立刻想到當年的自己。我知道我是因為害怕，是因為不知道路在哪裡，而那樣大義凜然說要回饋和陪伴父母。雖然那也不是謊言，但後來我心裡準備好了，我想要飛出去了，我就放下這話，不思回頭的飛出去了。

當我不曉得路在哪裡，身上有諸多力量拉扯互角的時候，父母說或沒說出的期盼是那樣的強烈，令我服從。

我回去，又離去。兩年後。因為我覺得我再不離去就離不了了。我想給自己一個機會，不是在眾人面前唱女高音，不是在舞會前十分鐘改短裙襬，不是去找一個人告白，是想要丟掉不合腳的鞋子，是想要看看前面還有什麼我可以走的路。

那次離家，在心理上，才是膽小戀舊的我真正一個人離開南部的家，遠行。

多年後讀到我喜歡的小說家艾莉絲・孟若短篇小說〈辦公室〉裡的這一段，我想她說的就是我曾有過的心境。她這樣說：

……感覺一股強烈而失序的震顫：那是自由，是一種太嚴峻而完美的孤寂，此刻我還無法承受，然後我便明白平常我是如何受著庇護和阻礙，那些堅持不懈的力量是如何溫暖並束縛著我。

其實好的文學並不飄渺，它的世界才是真實的世界。我一直知道。

後記

文中所引艾莉絲·孟若短篇小說〈辦公室〉裡的一段文字，出自她的短篇小說集《幸福陰影之舞》，木馬出版，譯者為汪芃、黎紫書。

卷二——

她所看見的那個時代

THE KAOHSIUNG INCIDENT, NOT SO LONG TIME AGO

丹妮爾的旅程

原先放在部落格裡的回憶文章「大樹下的原點」，講到我從小到大住了二十年的高雄臺鋁社區是個規格等序絕對嚴明的日式住宅區時，我配了兩張去今已遠的照片，希望稍微能讓閱覽的朋友有些現場感。

我手上適用的照片不多，勉強選用的是一張室內的照片，和一張室外的照片。

室內的照片，是在我乾媽二村的家裡拍的，可以看到木構和紙拉門的日式平房基本元素。用拉門隔間是非常巧妙靈活的設計，因為可以隨時改變空間大小和使用方式，比方家裡要請客，只需把客廳和旁邊房間中間的拉門分朝兩邊拉開，就變出大很多的吃飯聚會空間，房間裡原先的家具往邊上移移，也不妨事，待客人走後，家具歸位，拉門拉上，一下又能恢復原貌。我家的客廳和房間裡又都有很大的壁櫥，壁櫥好用極了，大概在成人腰部高度的位置橫隔木板，上下都好放棉被、箱籠等大件東西。房間裡的壁櫥內還另設附門的活動木頭櫃子，櫃子裡有抽屜，也有細隔的隔板，讓放細軟物件。壁櫥都隱在拉門裡，拉門拉上，雜物一樣都看不見。我常常想念那個我住了二十年的舊家，不只是懷舊，也因為它實用、好住，真是理想的好房子。

我也想讓大家看看燈下的女士，除了後排的王姐姐穿西式衫裙，其他幾位都穿家常布料旗袍。因為是家庭聚會，不是在外頭的正式場面，女士們不穿絲綢緞料，但畢竟總是為了什麼事出客，她們不約而同都穿了旗袍，布料的旗袍。我媽媽居中坐著，坐在最右邊的是對我一向呵護有加的乾媽，坐在最左邊的那位是郭伯母，我小學畢業時，她送我一本大照相本，我後來回憶過去，常會去翻開郭伯母送的照相本，看收藏在裡面的舊時光。坐在郭伯母和我媽媽之間的是程媽媽，她的半邊臉被站前面的兒子擋住了，但還是可以看出她開朗、甜美的面相。

大家看，這些風華正茂的女士，穿著打扮是不是非常得體？即使不是多搶眼的素面旗袍——素色旗袍挑人穿，我媽就可以穿得很美——穿上就是衣品正確，不用擔心穿得不對。當然，在社交場合，衣品正確還不夠，說話應對也要像樣才行。記得有一次我們家裡請客，分兩桌吃飯，媽媽燒了好多菜，有一道是乾燒入味的紅燒雞，主桌一位女客搛起一支雞腿，送到旁邊某先生的碗裡，說某先生啊，這大雞腿請你吃，祝你吃了遠走高飛～

此後這件事就成為我媽的說話禮儀課教材，她說，什麼遠走高飛，又不是犯了案子要逃，所以一桌吃飯的都當作沒聽到，還有，去作客，搛雞腿給旁邊男客也不必，曉得嗎？妹妹，你坐在旁邊桌吃飯，聽到了覺得奇怪也不用轉過頭來看曉得嗎？

曉得，我說。

我曉得的還更多，所以「遠走高飛」之說就更好笑。之前我聽過幾位女太太在我家聊八卦說碗裡飛來雞腿的那位某先生好像跟那天也來我家吃飯的一位某太太有點什麼不清不楚的，雖然她們刻意壓低了

日式平房一大佳妙之處是簷廊，簷廊內通主屋，外臨院子，拉開通主屋的隔門和臨院子的玻璃拉門，即全屋通風。這張照片是在細格拉門內的客廳照的，細格拉門外即簷廊。

聲音，但我小人耳朵尖，當然聽見了。所以，媽媽給我上說話禮儀課時，我想到的遠走高飛有更多的含意，所以，我笑了又笑。媽媽說有那麼好笑啊？講話就是要當心曉得嗎？

曉得，我說，媽～，某媽媽原來想要說的是不是「鵬程萬里」？不曉得，媽媽說，反正鵬不鵬程不是你的事就不要亂講，講話不要不著落，十三點，懂不懂？

媽媽大概怕我自作聰明，出去鬧笑話。我說懂啦，我不會的啦。

這裡附帶說明一下，在乾媽家拍的那張照片裡，沒有那位揀雞腿的女士。

那天在乾媽家是為了什麼事聚會，我完全不記得，乾媽家是平常也會去的，乾媽家沒有狗，沒有小朋友，但有一池養得非常好的荷花。那個水泥砌的方形荷花池，不大，就在簷廊下的踏腳石邊，緊靠屋子，原先不曉得是做什麼用的，說不定是防火的蓄水池，但乾媽用這方池子養荷花養得美極，高挑碧綠的大葉子一片片站出水面，我最喜歡撥水到葉子上，看散亂的小水珠往葉子中心集攏，變成一顆大水晶珠。每試不爽，最後永遠會成為一顆閃亮大珠。開花也美，花苞欲放是期待，花朵打開是驚喜，每個花季都是。我還喜歡爬上方池子窄窄的邊沿繞著走，一圈一圈不倦，不時得小心撥開荷葉才能踏前一步，就是這樣好玩。從來也沒有大人出來叫我小心不要掉下水池……

至於另外那張多人在室外合拍的照片，我所以選它放在部落格文章裡，私心是有期待的。我希望有人看了以後說啊？你怎麼有這張照片？裡面這不是誰嗎？

但是都沒有人這樣說，我只好自己在這裡說說了。那一天，陽光很好，這一群大大小小、互不相干的人也不曉得怎麼剛巧湊在一起，拍了照。那個舉手撫胸，狀甚得意，比我小一兩歲的小妹，我認得，她大概剛巧在外面玩，就跑過

丹妮爾的臺灣行是她人生意外之頁，她讓許多互不相干的人集在一起，還拍照留念。她應該感受得到大家的好奇和善意吧？她是一陣外國吹來的風，島嶼南方的人喜悅歡迎。

去一起拍照。她旁邊那個女孩可能是後面那位微笑女士的小孩。最後面兩位男士很面熟，應是爸爸同事。兩位拿皮包的女士，我想不起來是誰，因為她們都帶了正式的包包，不像家常在社區巷弄行走的太太，莫不是從外頭來的？其中一位還戴了太陽眼鏡，這真稀奇，我那時候認為只有江湖黑道和電影明星才會戴太陽眼鏡，事實上，好像也差不多是如此。

最為照眼明的是抱嬰兒的白衣裙外國女士。她是丹妮爾，法國人。可惜我沒有在現場，不然我看到她，一定會過去湊熱鬧合照，我大概會站在我爸前面。除了在電影裡，我到哪裡去可以看得到外國人？何況是這麼一位美貌的外國人！

當時，丹妮爾真是我平生僅見的一位美麗佳人，她的美好細緻，好天然，好柔和。我看到照片之前就知道她了，在報紙上。

原來，丹妮爾在法國跟一位去留學的臺灣男士結婚，婚後不久懷孕待產，先生說是有事先回臺灣。不料，先生一去不回不說，竟完全失了訊息！因此丹妮爾生下兒子後就抱著兒子萬里尋夫尋到了臺灣，到了臺灣，她還是沒法找到那位薄倖郎，好像她只曉得先生是南部人，就到了南部高雄。這時候報紙刊出了她的消息，大概她沒別的辦法，只能將事情公諸於世，期望會有相關人士看到以後出面。

也不知道是誰聯繫的，總之丹妮爾在高雄就住在我們臺鋁的招待所，大家知道新聞人物來到眼面前之後，又是同情，又是興奮，都想看見她。臺灣人情味濃厚嘛，大家又疼小孩，又愛美人，沒有一個說她壞話例如怎麼那麼天真啊，連先生住哪裡都搞不清楚云云。事情有點複雜，丹妮爾的先生為什麼會不要丹妮爾母子？有什麼難言之隱？例如他早有家室？若沒有難言之隱，不要這麼可愛的妻兒，豈不是笨蛋？難道他在哪裡出了什麼意外？

後來丹妮爾的先生還是現身了，是位青年才俊，果然他在臺灣是有家室的。鬧了好些風波之後，丹妮爾只能黯然離臺。

再看看郭伯母送我那本大相本裡的另一張丹妮爾。她抱著孩子，也有站相。很少人能夠穿出那種淺色貼身

我看過報紙照片上在臺北穿旗袍，頭髮吹燙得蓬蓬的丹妮爾，給弄得像化妝上臺一般。那不是她。在我們南部陽光下一身素白衣裙的她，從容大方，那才是她，我認為。

布料所裁衣服的味道，如果有小腹，絕對不行，如果有豪乳，會顯得有點色，總之身材要剛剛好才行。我後來自己有小孩以後，整天都穿一套運動衣褲，當然沒有運動員的帥氣，更完全沒有丹妮爾那樣優雅的法式風情，如果我穿了那套寬寬大大運動衣褲抱著大哭大叫的小孩去萬里尋夫，絕對沒有人理我。誰會理一個像是逃難苦女的女人？

那時候沒有肖像權的概念，丹妮爾這兩張多半是專業攝影師拍的照片，我家竟然有。說不定其他影中人的家裡也有？對不起，丹妮爾，你失望離開臺灣以後，我一直記得你，也牽掛著你後來的故事，你如果在，年紀可不小，可能有孫輩了，我在這裡貼出你五十年前的照片，沒有別的意思，就是因為你美，因為你站在我們一村的巷弄內，誰家房子的門牆外，那裡，很像我家房子的前門外邊……

還有誰記得丹妮爾，和丹妮爾的旅程？

單寫一枝花

是二〇一五年春三月吧，去歷史博物館看溥心畬的書畫展「遺民之懷——溥心畬藝術特展」時，看見一幅淡彩畫作，畫的是單單一枝下垂的裂瓣朱槿，花瓣向上翻捲，中間垂下一莖長長花蕊，花蕊前端悠然微妙的輕輕朝上一鉤。

啊，燈籠花！我小時候的花。小時候我喜歡那花小巧的紅燈籠模樣，現在我在畫家淡雅的畫作中看見一縷纏綿意。因為不大看見人畫燈籠花，很高興看見這位出自宮廷的貴氣畫家眼睛裡看進去了我們南部的花，而且把她畫得這麼美，這麼出塵。畫家與小孩子的心是相通的，周邊有好看有趣的東西，就會看見，有情有意，不帶偏見。這世界不是只有牡丹芍藥梅花水仙，還有燈籠花，還有南邊熱地方的各種花卉。

雖然沒有充分的根據，我卻覺得我知道來自北國的畫家曾經在哪裡看見燈籠花。是在我一張爬樹照片裡沒有照到的，我背後幾步路的地方。

照片中是我小時候住的高雄村子裡的一角，榕樹旁邊用土壘起來的草坡上有日本神社的遺跡，順著榕樹後面的小路走過去，右轉繞過草坡，隱隱可見圍牆後的平房，那是爸爸上班公司賓客住的招待所。小路兩邊，散植一些花木，在我背後，隔著小路，那邊草地上就有一株蔥蘢葳蕤的燈籠花。照片沒有照到燈籠花。可惜。

畫家溥心畬可能就在這一帶散過步。他可能拾階上草坡去看過神社遺跡，徘徊追想他的家族與日人交手的過往。他可能沿小路走走停停，看看南方花木，包括我喜歡的燈籠花。

我為什麼這樣猜想？因為好多年前，爸爸曾說起，在我出生前，大畫家溥心畬來過高雄，住在爸爸公司的招待所，因此爸爸見到過他，同他談過話，會面的當下，溥心畬寫了一幅行書給小他幾歲的，出生於清末，成長於民國的爸爸。那幅字是一首詞，寫的是遙望故土山河的王孫哀愁。

在史博館的溥心畬書畫展看見那枝淡淡敷色，生意盎然的裂瓣朱槿燈籠花時，我心裡一陣盪漾，彷彿知道花的來處似的，又覺得好像回到在村裡那株燈籠花下盤旋看花的時候。

與我不同時，畫家先我一步，去到花前，但我們看得一樣認真。我總是看了這朵看那朵，覺得這花怎麼這麼可愛，說不出的可愛，可愛到讓我決不忍心摘下一朵。我怕一摘下來，花朵骨就會軟掉，花就會失神。而畫家多麼高明，只寫一枝，即盡得花意。

看畫幅左側畫家的題字：

台灣燈籠花滿山如錦　因寫其狀　庚寅春　心畬紀

後來查了，庚寅，是一九五〇年。那是我出生之前，風波未平的年代，但島嶼臺灣燈籠花招展的情景還是深入畫家之眼。那麼，他不只是像我一樣看遍整樹玲瓏花朵，他是看遍滿山花朵如

我上樹下樹後，可能會上坡去神社探險，再下坡去神社背後隱密小門內的自來水廠看水廠機房，滑那鋪了特別厚軟的韓國草的大草坡。玩夠了，出隱密小門，可能我會去看那一樹燈籠花，高處花，抬頭看，低處花，用雙手捧著看，繞樹三匝，枝枝可親。

錦。之後，他讓滿山花葉隱去，只取一枝。下筆落紙後，那由右方的畫外伸入畫幅中間的可愛一枝花，即在無邊的世界中領創她專有的空間。

於是我依隨畫家筆意，由那一枝，迴旋返轉，優遊於燈籠花的天地，畫家鉤寫燈籠花的時空，以及過去的，有爸爸媽媽的世界。

看罷書畫展作品，又看到書畫展的介紹文字講畫家生平，講他去過許多地方，一九四九年來臺後，定居臺北，也去過臺中、高雄、花蓮、澎湖等地，去高雄那年是一九五一年。

是不是？爸爸說的沒錯，溥心畬確實來過高雄，在我出生以前。對我來說，高雄是起點，是中心地。對他來說，大概是遠離中心，遠離那回不去的故鄉的天涯海角吧？在這天涯海角，他可能也走到我的燈籠花樹前立定了，輕捧那幾乎沒有重量的嬌嫩花朵，深深注視。

在展場中，彷彿有靈光電閃劃過，我把所有散落心裡的相關碎片兜攏起來，我看見畫家住過的地方，看見畫家走過的地方，看見他看見的花木，也看見他鋪紙寫字畫畫，且略窺他那幽深的去鄉失國的遺民之懷。魚網疊，鸛巢斜，此身如寄，何以忘憂？

唯有拾筆吧？

要離開展場前，我又回到那幅裂瓣朱槿前面。那枝好花，牽引起我朱色的美麗回憶。感謝畫家，把她畫得這樣美。此次一別，不知還要多久，才能再見？

不過，走出展場後，回想那時候，小時候，我天天見到的，好像天天都在開花的，不是纖巧的裂瓣朱槿，而是我家前面，長成一道高高綠籬的朱槿、扶桑，這在南部最最尋常可見的，伴我長大，任我摘下吸吮花蜜的熱情大紅花，應該也是走到南臺灣的畫家溥心畬眼熟常見的吧？

錢新祖在臺北

朋友的兒子騎著摩托車來我家，他是幫他媽媽辦事，來拿東西的。我請他進屋坐一下。

以前他們一家三口住在這個社區時，這孩子是上幼稚園的小小孩，現在是文雅青年了。

先生看他進門，很吃了一驚，雖然早知道他會看見一位青年，但想不到真看見一位青年走進來。

由小小孩到青年的二十年間，先生完全沒見過這孩子。他印象中的小孩子，大概都類似小動物，也就是說，尚未成人，跟貓啊狗啊還比較接近。

眼前的青年，清俊端正，應對大方，絕對是成人了。先生十分高興，坐下後聊了幾句就問他在做什麼工作。他說在體制外的學校教寫作。

教寫作？要準備吧？

青年說要，要花時間準備。

那我給你一點小意見。說著，好為人師的老阿伯也不管人家需不需要意見，逕自去書架上取來一本書，放在他面前。我瞄一眼，原來是先生故友錢新祖先生的著作《中國思想史講義》。

然後老阿伯就說了：這書，還有另外兩本書，是我朋友在五十多歲過世的十八年以後出版的，很多人今天看他十八年前的思考結集，覺得很深刻，也很感動。可是我現在要跟你講的是，這書是錢先生給他學生講課的講義。你看這裡面有好多講，每一講，他都在上課前反覆推敲，寫好了完整的講稿，上課的時候，他就帶到講堂去，一個字一個字的唸，不講廢話。西方有些思想家、大教授，是這樣上課的，一進教室就唸講稿，唸到下課。問題提出，分析反問，思路轉折，都在裡面。你好好聽他唸，就會很有收穫，知道他怎麼思考，怎麼想問題。

老阿伯又說：錢先生幾位受他影響很深的學生在他過世後，整理他的手稿，覺得裡面思路那麼清晰，敘述又很完整，不需要什麼補充，就保留他的語調，不做更動，這樣出版，讓沒有上過錢先生課的人也可以瞭解他是怎麼想問題的。所以我想到你去上寫作課，要準備，也可以把你準備的內容先寫下來。

什麼？我插嘴，你要他上課按講稿一個字一個字唸啊？那學生會覺得沒有互動，很枯燥。

老阿伯說，他可以不用照唸，先寫好講稿，上課再發揮，也不錯。等他上完一學期，兩學期，講稿修改修改，就是一本書。我的意思是這樣。

原來如此，那倒是不錯的建議。青年點頭，頗受教的樣子。老阿伯看他點頭，也當他是覺得這個意見不錯，頗歡喜。

歐巴桑我，笑看眼前這兩位和桌上的書，腦中忽然一閃，接著想起青年一家住在這裡的日子。那是哪些年啊？我問青年。

我又問老阿伯：錢新祖也在這裡住過幾年，那是哪幾年啊？

他們在回想推敲的時候，我先指著青年說出要點：你和錢先生住過同一棟樓啊。說不定你們以前見過面。

當然你不記得了，我對青年說，不過你們真的住過同一棟樓，真巧啊。

青年莫名其妙望著我，大概不知這事巧在哪裡。

巧在哪裡，我也不會說。就像雲朵相觸，巧在哪裡，我也不會說。青年走後，我尋思著拿起錢先生的那本《中國思想史講義》翻看。書的本文，我沒能耐讀，我光看書前邊編者的話和序言，還有書後邊錢太太梅樂安（Anne Ch'ien）女士寫的錢先生行述，和一份錢先生的生平簡歷。

梅樂安女士為她先生錢新祖撰寫的行述，題為〈臺北，香港，芝加哥——錢新祖先生行述〉。點題三城，因為在一九七八年取得哥倫比亞大學歷史系博士學位後，錢新祖的學術生涯主要開展於這三個地方。雖然可惜文中提及臺北和香港十多年生涯的篇幅很少，但是通篇她對錢新祖的稟賦、性格和為人有精到、深刻而內斂的描述。唯於特別放在開篇之前的一段文字，她放聲吶喊，任內心深層的情感衝瀉而出：

> 憤怒、徒勞、熱狂、挫折。新祖的去世很難令人理解，為什麼是在正當壯年、正是發揮天賦才華、開闢一番天地的時候？為什麼比一般癌症病人遭受更多更久病痛的煎熬？我舉拳問天、我咬牙問地、我激怒、我嘶喊、為什麼？為什麼？為什麼？？？

錢新祖先生是在一九九六年過世的。他去世前動過大手術，切除一臂，我當時想著是不是要跟先生一起去醫院看他，卻無論如何鼓不起勇氣去，我怕我在病室一見到他就會難過落淚，徒惹麻煩。

先生自己去了醫院。見面後，錢先生問他太太好？孩子好？先生說都好，怕打擾你，沒敢來。錢先生笑說我現在跟彭明敏一樣是獨臂了。又說幸好我還是可以看書和動腦。

先生回來說給我聽，我立刻掉淚。怎麼這樣一個學問深厚，行事瀟灑，而且心地特別好的人會有這樣的命運！

上過錢先生的課，跟他交過手，或讀過他著作的人，大概都會讚嘆或承認他學問好，而且舉重若輕真瀟灑。先生在他生前與他有深交，能在知識和現實問題上與他會通往來，他過世後，先生仍會在思想上與他對話，想想這件事錢新祖會怎麼想，那件事錢新祖會怎麼說。前些年，先生曾在一場名為「錢新祖與一九八〇年代」之紀念講座上說：

今天我們重新去閱讀錢新祖的這幾本著作，目的不是為了其中的知識，而是與已經先我們而去的錢新祖對話，去瞭解他如何思考問題，透過他那深邃的、生動的思索，也許就能將這樣的思考方式帶入我們的現實生活，開創出新的路徑，來超越目前的困境。這就是在今天，閱讀錢新祖可以帶給我們的啟發。

思想方面，我無能置一辭，我只是深深瞭解錢新祖先生人真好。他是小孩子會說好的人。

錢先生曾在一九八七至九一年於臺大歷史系授課，那段時間內他大概有兩三年曾經租屋獨居在我們這個去臺大算方便的社區，偶爾也會來家裡坐坐聊聊。每到暑假，他就會回美國，於太太所在的家，放鬆休息。有一次要回美國前，他問小名阿牛的我家兒子：阿牛，我要去美國了，我回來的時候，你要我給你帶什麼禮物？

阿牛，我家兒子，是最不會客氣的人，他說我要動物園！

那時候，幼兒園的老師和家長曾經帶著八、九位小朋友去木柵的路邊，擠在人山人海裡，看動物搬家，一車車由圓山搬至木柵。待大象、老虎等動物都搬好家以後，我們又曾帶著小朋友去看動物的新家——木柵動物園。所以阿牛心裡滿是動物，以及好玩的動物園。

錢新祖說好，我一定去給你找動物園玩具！

暑假結束，錢新祖回來了，他帶著一盒玩具來我家。玩具交給阿牛後，他說阿牛，很對不起，我在美國找了好久，都沒有找到動物園玩具，所以我給你買了一盒農場玩具，不曉得你覺得可不可以？

阿牛說我看看。打開那盒農場玩具後，阿牛拿出好多動物，有牛有羊有馬有狗有貓……有飲水槽、食料槽等設備，還有一排排可以立起來的綠色柵欄，把這些柵欄隨意連著圍起來，馬呀牛呀都可以在裡面好好的喝水吃草，不會亂跑不見。天氣好的時候，把柵欄打開口子，又可以牽牠們出來走走、跑跑。

阿牛立刻忘記我們玩起來。那是滿意了。

我說真謝謝你，害你花好多時間找玩具吧？太費心了。

錢新祖說我答應阿牛要買動物園的，竟然沒買到，正想這下糟了，這下糟了，要對阿牛失信，讓他失望了，欸，卻看見這個農場，就想沒魚蝦也好吧？試試看！不過農場的動物和動物園的動物實在差得有點遠，所以我不太有信心。

還好他不討厭，真是萬幸！錢新祖又說。

很吃驚。難得看到這樣把跟小孩子的承諾當回事的人。對小孩子好的人，是好人。小孩子不說，但身心能感知無誤。

有一個下午，不記得是春還是秋，天氣很好，不熱也不冷，我們家三人跟錢新祖一道去散步。

我們沿綠意滿滿的社區大路往上走，一直走出社區，走到外環的產業道路，再接沒鋪柏油的小路繼續走。有時候，停下腳步陪阿牛看看蝴蝶蟲鳥，或是撿拾有趣的樹枝石頭，然後再順路往上走。

轉了好幾道彎，有時背光，有時面光，大人話不絕，孩子也不說累，好像在一個連續不斷的美麗夢境裡，相當的安靜，沒有碰到別人。快到一處山頭時，我們面向夕陽停步，才吃驚怎麼走了那麼久，覺得不該再往上往深處走了，不然要天黑走夜路了。

於是我們轉身一路緩步下山。下山也還是在山裡面。太陽時明時暗跟著我們。

聽說有時人會被山迷住，回想起來，那一天的感覺就有點像接近山靈似的，大家的內心都很平靜，身體也不累，孩子完全不吵不鬧，好像走到多晚都可以。

不過我亦想，孩子毫無異議跟我們走了幾小時，或許也是因為有錢伯伯在，錢伯伯人好，平等對待尊重他，他也敬重錢伯伯，有這位朋友跟爸爸媽媽在一起，在他身邊，他完全的放心，也自然表現出一個小男孩的尊嚴。

不久又到錢新祖要回美國的下一個暑假了。這次回去前，錢新祖也問長大一歲的兒子：阿牛，你想要我帶個什麼回來給你？

我想要牛仔帽！阿牛說。

好，我一定帶頂牛仔帽給你！錢新祖打包票說。

暑假結束，錢新祖真由那牛仔國帶回一頂小孩戴的牛仔帽給阿牛。阿牛好開心，立刻戴上牛仔帽滿屋跳，還去找了繩子，做了繩圈，拿在手上甩，自覺帥得像真正的牛仔。

在美國，牛仔帽大概不難買，但買到的帽子頭圍大小剛剛好，可見下手選物時之用心。

那頂神氣的帽子戴上頭，人大概立時就飛到另一個時空，草原廣袤，馬蹄得得，人生頓時不平凡了。我們都看出這頂帽子的神奇功能。唯有感謝。

很少人會拿小孩子當回事，敬謹對待。錢新祖是那種很少很少的真正的好人。

一九九一年，虎虎像頭小老虎的阿牛已經上小學了，給他費心買農場玩具和牛仔帽的錢伯伯轉至香港科技大學人文學部任教。阿牛的頭圍大了，錢伯伯買給他的牛仔帽戴不下，也戴破了，得戴別的帽子。

一九九三年，錢新祖從香港回到臺灣，在中國文化大學歷史系教書。我很少看見錢新祖，但他還是參與《臺灣社會研究季刊》這份他與傅大為、錢永祥、夏鑄九、陳忠信等一群朋友於一九八八年一起創刊的雜誌之編務討論，與先生也時相往來。

一九九六年初，錢新祖先生因癌症過世。

錢新祖過世，已經二十多年了。何止是「十年生死兩茫茫，不思量，自難忘」。超過二十年了。

阿牛，那蹦啊跳啊不會客氣的孩子，已長大成人。剛認識錢新祖的時候還好年輕的先生和我，則步入新的人生階段，即便不是十分的塵滿面，鬢如霜，內心也積澱了多少唯有和知心老友才可能說的酸甜苦辣。

在錢新祖最後的日子，因為怕會在他面前哭出來，也覺得他不會希望像我這樣與他無深交的朋友，特別是女性朋友，看見他受苦的樣子，我一直沒有去看他。此後始終覺得好像欠著這個對我兒子好，在我兒子像小狗小貓小老虎小動物的時候就當他是平等之人相待的朋友什麼，很遺憾我沒有當面對他說出心裡的感激。

許多聲音與畫面，我一直保存在心裡。

只能寫出這些別人看來很細瑣，於我卻很重要，一直保存在心裡的事情。

遠望前塵，為老友奠。

月光之路

——試寫鄧麗君

我見過鄧麗君本人，在高雄的華王飯店，和家人飲茶的時候。當時，我還在讀高中，似剛破殼探頭看世界的傻愣小雞雛。鄧麗君跟我差不多大，已經是常在電視上出現的名歌星，她的歌聲雖然甜潤柔軟，卻有穿透力，總繚繞在街頭巷尾。

我們就座飲茶時，發現竟坐在鄧麗君的隔壁桌，真是意外的驚喜。我的視線，剛巧可以穿過我爸我媽的肩膀中間，直達全廳飲茶客留神注意的女主角。我不想過分打擾她，但仍忍不住幾回在輪流望著爸媽說話時，悄悄把目光投注在她那兒一下下。我知道，許多人的一下下，加起來就不是一下下了。

她穿白衫，披件薄外衣，短髮微卷，在頸項邊攏著白淨的圓臉，而臉上總現微笑。

與同行友人聊天飲茶的她，看起來清麗、自然，且待人十分誠懇，因為她始終專注於身邊的朋友，絕不左顧右盼，東張西望。如果我是她，大概很難無視旁人的注目，會偷偷張望兩下吧？她有一種鄰家姐妹的氣質。當然是比較好看的鄰家姐妹。

那個年代的鄧麗君，是電視歌唱節目如「群星會」、「翠笛銀箏」的主力明星，但與她齊名，甚至可能更大牌的歌星也不少。那些人物都臺風穩健，能夠唱現場，不以跳動舞蹈取巧。不過到後來，她們即使還有名氣，也漸淡了，鄧麗君卻脫穎而出，青雲直上，成為一代傳奇歌后。

華王偶遇之二十五、六年後，一九九五年，傳出鄧麗君在泰國清邁過世消息的那個五月天，我正提著剛買的青菜吃食走在入夜的臺北街頭，經過一家電器行時，聽到裡邊電視報說鄧麗君什麼的，便立刻停步，隔著窗玻璃收看這則新聞。啊啊，啊啊，旁邊彷佛有人在喊。啊啊，啊啊，我心裡像被人打了一拳，吃痛，叫不出聲，只能無聲的喊。離開電器行時，內心有種空落落的感覺。彷佛世間少了一個重要的人。而我只能提著青菜吃食往前走。

我根本不認識她，卻又好像認識她。

後來看《甜蜜蜜》這部可以說是向鄧麗君致意的電影，發現導演陳可辛抓住了那一天在街頭巷尾不斷出現的場景：鄧麗君的歌迷停駐在電器行外面，得知、追蹤她走了的訊息。

空虛，悲哀，我們四十二歲的姐妹走了，那麼孤寂、可憐的走了。她的歌聲安慰了多少人，她自己，卻得不到安慰的走了。

電影末尾，歷經滄桑的張曼玉站在紐約唐人街的一家電器行外面，收看鄧麗君最後的消息時，無言轉頭，卻發現久別經年的黎明竟站在她旁邊，也在看電視裡面鄧麗君辭世的新聞。然後黎明轉過頭，看見張曼玉。幾番波折，兩人重逢了，在異鄉薄暮的街頭，在鄧麗君蕩氣迴腸的歌聲裡：

甜蜜蜜，
你笑得甜蜜蜜，
好像花兒開在春風裡，
開在春風裡，
在哪裡，在哪裡見過你，
你的笑容這樣熟悉，

我一時想不起，
啊～在夢裡，
夢裡夢裡見過你，
甜蜜笑得多甜蜜，
是你，是你，夢見的就是你。
在哪裡在哪裡見過你，
你的笑容這樣熟悉，
我一時想不起，
啊，在夢裡～

直到最後，到最後之後，她人走了，但還是在撫慰人，而且有力量讓長相思的人重相見。陳可辛的電影，感傷又浪漫，裡面好像有三個主角：張曼玉，黎明，和隱形的鄧麗君，他把我們一般人對鄧麗君「根本不認識她，卻又好像認識她」的感覺拍出來了。

跟鄧麗君同時一起，卻又是分別長大的我，雖然熟悉一聽就知道是她的，與眾不同的，清透晶瑩的聲口腔調，但是真正仔細聽她是在我二十七歲以後，先生被捕下獄，母親、父親相繼生病、過世的那幾年，在南來北往的夜行客運車上。

當時，我在雜誌社上班，回南部看望父母親，年節假日外，多半是在星期六下班後。我總匆匆趕去火車站那一帶，買不到火車票，就買客運車的票，人叢雜遝中，買到什麼野雞車的票都行，只要是最快出發的車就行。有時一群人買了票，得跟一個領頭帶路人曲曲彎彎偷偷繞到火車站周邊某一僻靜角落才上車，上車後一路南行，天就黑了。全車的人都各有心事吧，在昏暗的燈影裡靜靜聽著司機先生播放的流行歌曲閉目養神。

回臺北，或也會搭星期天的夜行客運車。抵達臺北時要是天方亮，即在星期一早晨的街上晃一晃，找點東西吃了直接去辦公室。北行的車上也總要依隨司機先生的喜好，收聽流行歌曲。

最常聽到的，當然是鳳飛飛，和鄧麗君。我跟司機先生一樣，兩位我都喜歡。鳳飛飛有種寬和、質樸又瀟灑率直的味道，行腔轉調亦如此，圓中帶點方，真真是臺灣的女兒。

鄧麗君是，只要她歌聲一起，你就會暫把別的心思收了，認真聽她，她能夠把好像不怎麼樣的歌詞唱出韻味，她傷春，那春就真是讓人傷，她悲秋，那秋就真是讓人悲。為什麼？除了她天生歌喉好，用情深，還因為她特別能夠掌握中文語詞的特色，她經常會把每一個字的組合音都唱出來，比方說「水」這個字，我們說話時，都把ㄕ、ㄨ、ㄟ

混在一起說，也就是將聲母、韻母混同變成攏攏統統的一塊水，大部分人唱歌唱到水，也這麼唱，攏攏統統，馬馬虎虎，沒鹹沒淡，沒滋沒味的，像塊石頭，或像塊水泥。但是鄧麗君不一樣，她會因應歌曲情境，把水的組合音都唱出來，其間，由ㄕ到ㄨ到ㄟ，每個音在拍子裡頭還都有高低抑揚長短快慢的變化，所以水這個字是立體起伏的，是有時間流動的，這就唱出水的味道來了，她的水跟人家的水不一樣，不論是東流水，是忘情水，是長江水，總之她的水就是好聽。

那還有花呢，還有月呢，還有雲呢，還有霧呢，她唱的每一個字，音韻節奏都是那麼樣的豐富，不單唱出了字義，還傳達了字的韻味，所以人家說她唱歌有層次，咬字清楚，耐聽，大概是這個意思。她的歌，聲韻如萬花筒般有無窮變化，表現的是單純、真摯、深刻的情感。她有辦法提昇一首歌的境界，把極普通的歌詞唱得引起共鳴。像這首〈小城故事〉就是：

小城故事多，
充滿喜和樂，
若是你到小城來，

收穫特別多。
看似一幅畫，
聽像一首歌，
人生境界真善美，
這裡已包括。
談的談，說的說，
小城故事真不錯，
請你的朋友一起來，
小城來作客。

我坐在夜行客運車上，旁邊是不認識的大漢或女子，都有苦衷，或都要出發去討生活，都要追尋求索，或都要捨棄別離。我閉著眼睛聽鄧麗君的心曲，默默流下淚來，旁邊不出聲的陌生人，或許也在默默流淚。

在夜行路上的我們，都有一座小城，離開了，或正要去尋找。鄧麗君在我們耳邊說沒有關係，沒有關係，小城會在會等你的……

她也不只是撫慰人。在一九八一年得到金馬獎最佳原創電影歌曲的〈原鄉人〉，是講小說家鍾理和與夫人鍾平妹故事的電影《原鄉人》之主題曲，當片頭鍾理和與鍾平妹並肩乘坐馬車行過華北積雪的林間路時，鄧麗君的歌聲悠揚響起：

我張開一雙翅膀，
背馱著一個希望，
飛過那陌生的城池，
去到我嚮往的地方。

在曠野中，我嗅到芬芳，
從泥土裡，我攝取營養，
為了吐絲蠶兒要吃桑葉，
為了播種花兒要開放。

我走過叢林山崗，

也走過白雪茫茫，
看到了山川的風貌，
也聽到大地在成長。

得獎歌曲的詞曲，水平確實高過一般，但鄧麗君的詮釋，奪人心魄，功不可沒。她開口唱第一句，飛翔的情境就出來了，展翅所及，山川大地，遼闊無比，因此即使馬車裡的秦漢跟林鳳嬌，與鍾理和夫婦的形象有段不小的差距，觀眾也就撂手放開不多追究了。用心聽歌吧，鄧麗君的清越歌聲如同飛行線，扶搖，延伸，她讓你知道飛行就是意義，飛吧，不管終點在哪裡，飛吧。

她本人，飛行的軌跡極長，極遠，臺灣，香港，日本，東南亞、美國、法國……是她經常落足的地方，除了我們一般熟知的國語歌曲，她也唱臺語、粵語歌曲，日語、英語的歌也能唱。七〇、八〇年代是她風華最盛的時候，九〇年代她漸漸淡出歌壇，當時我曾在電視上看見她極難得的露面，頭上綁了許多根小辮子，身穿粉紅色的唐裝褂褲，就覺得不對，這個年紀，且有些發胖的她不該這麼打扮得像小村姑，聽她唱，也覺得嗓音弱，中氣不足了。

那時候我不曉得她有氣喘的毛病，只是替她難過。至她走後，看了些報導，還有一位她日本經紀人的回憶書，知道她在情路上的挫折，她在歌唱路上的波折，深為她惋惜。經紀人先生追憶鄧麗君在日本屢創佳績後，也在思索未來的歌唱路線，他曾經建議鄧麗君勇敢的轉型唱出現代女性依違於職場、家庭之間的心聲，未果，而鄧麗君也逐漸離開了她闖蕩有成的日本歌壇。

經紀人先生的建議其實很值得考慮，我揣測鄧麗君沒有接受的原因或許是她自覺不適合代言現代女性的心境吧，比較起來，她本人的曲曲心思是更接近傳統女性的，別恨，離愁，花非花，霧非霧，深藏於柴米油鹽，或者後來問世的手機網路底下的思念、回憶，最最柔軟的一方心田，那才是鄧麗君。

離開日本以後，鄧麗君繼續唱她各種語言的諸多名曲，另外還嘗試以現代樂曲譜唱唐詩宋詞，出了一張專輯叫《淡淡幽情》。我覺得這真是一條她可以繼續發展的路線，如果有好的譜曲、製作，她可以唱出極美韻味，例如收或未收入這張專輯裡的蘇軾〈水調歌頭〉，陸游〈釵頭鳳〉等曲，別人唱是沒得比的。單聽水調歌頭裡「轉朱閣，低綺戶，照無眠」這三句，她悠長一氣，把轉、低、照的月光之路唱得何等婉轉有情，別人可難學了。因此我想，即使她後來不太公開唱歌，但是唱了幾十年的歌，私底下應該沒有棄歌絕樂，也還在尋找未來的歌路吧。

於是，二〇〇一年，聽說鄧麗君的《忘不了：鄧麗君最後錄音》專輯問世時，我立即買了。想要聽到她最後的聲音，想要知道她走近最後的心思。

這張專輯裡收的是將她在錄音室的練唱試錄母帶，加上一點配器及和聲而製作成的十二首中、英文歌曲。製作人李壽全尊重她最後的原聲，維持她原來的聲音質地，不加剪接與修補。

附於專輯裡的說明書上說：

> 一九八九年的夏天，香港籠罩在聲援大陸學運的氣氛中。九龍尖沙咀漢口道上的一棟大廈裡，新歷聲錄音室，鄧麗君錄下了〈不了情〉〈恨不相逢未嫁時〉〈人面桃花〉〈莫忘今

鄧麗君走後出的這張專輯，收的是她的練唱試錄，唱法內斂節制，令我想起曾在某報章雜誌影劇版上看過她一位沒跟她修成正果的影星男友說，兩人分處異地通電話時，鄧麗君會在電話裡一首一首的唱歌給他聽，想來她在最後專輯裡的聲腔，同她在電話裡唱與情人聽的歌聲有點像。

宵〉〈小窗相思〉〈三年〉幾首國語老歌，以及一首英文歌〈Heven Help My Heart〉。

那是那年八月底與九月底的三次試錄。

一九九〇年的初夏，巴黎的氣溫正宜人，熱浪還沒來，花粉正開始瀰漫，錄音室的錄音燈亮了起來。在鍵盤手Gofrey Wang的伴奏下，鄧麗君開始她的英文歌曲錄音……從〈Abraham, Martin and John〉〈Smoke Gets in Your Eyes〉〈What a Wonderful World〉到〈Let It Be Me〉。

那兩個夏天的聲音，或許不是她鼎盛時期最好的天賦嗓音，不過，有種繁華落盡見真淳的韻味，即使是稍快節奏的曲調，她也用相當節制內收的唱法來處理，我很喜歡，喜歡那種練唱試錄的真實感，以及她無與倫比的誠懇投入。就像說明書首頁那張在錄音室裡舉手扶耳機的黑白照，她沒有穿華麗閃亮的舞臺裝，而是以素淨妝扮示人，這張專輯裡的歌聲亦如此，離別與相思，她靜靜唱出，不多雕飾，專注如同對你一人。如果天能假年，她從這裡繼續往前走，卸卻過去成就帶給她的壓力，聆聽自己的內心，重唱，新唱，唱她想唱的，她會走上怎樣的歌路？

我十七、八歲時看見的十七、八歲的鄧麗君，其實很像她《忘不了：鄧麗君最後錄音》專輯ＣＤ盒上那張正面托腮相片的模樣，那個時候的她，還沒有成為揚名世界的歌唱巨星，但已成氣候，臉上的神情是自在從容又大方的。後來的她，成大器，得大名，但人生路走得並不順遂，不曉得是否還保有二十歲之前的神態？如果，幾經起落後，她步入中年的面容常帶有一九八九、九〇年在錄音室裡自若放鬆的神韻，那真是要為她高興。

聽，她唱了：

忘不了，忘不了，
忘不了你的錯，
忘不了你的好，
忘不了雨中的散步，
也忘不了那風裡的擁抱。

忘不了，忘不了，
忘不了你的淚，
忘不了你的笑，
忘不了落葉的惆悵，
也忘不了那花開的煩惱。

寂寞的長巷，而今斜月清照，
冷落的秋千，而今迎風輕搖，
它重複你的叮嚀，
一聲聲忘了忘了，
它低訴我的衷曲，
一聲聲難了難了。

忘不了，忘不了，
忘不了春已盡，

忘不了花已老，
忘不了離別的滋味，
也忘不了那相思的苦惱。

這樣的歌，誰能唱得比她動人？詞曲中盡是她人生的況味。
忘了忘了，她說。
難了難了，根本不認識她，卻又好像認識她的我們說。

那一段Linda帶我走入的編輯歲月

——《漢聲》記憶　之一

一

二十七歲定居臺北後曾任文字編輯四年，那份工作在我年輕的艱困時期，讓我生活無虞，存下日後得以購買臺北家屋的基金，也圓了我一個不太明確的小小的夢。

那小小的夢，植基於我唯一比較擅長的事：對文字敏感。

大學時代一位文字功力高強的好朋友，畢業後即進入一家綜合雜誌，任採訪編輯。我雖然遠不及好友聰明靈動，但常聽她繪聲繪影說編輯、採訪之種種，不由心生嚮往，也想試試跟文字有關的工作。

於是婚後移居臺北，在報上看見《漢聲》雜誌誠徵文編的時候，就投文應徵了。

那是一九七九年的夏天。應徵考試的地點是雜誌社在八德路巷弄老公寓的三樓辦公室。後來知道那八、九個應試者進門後看見的，一般屬客廳位置的考試空間，是前一天費心整頓過的，大家的桌椅一律面朝內牆擺放。

坐下後環顧周遭，看見牆上掛了多幅大小不一的黑白照片，有稻田風光，有老屋大埕，有鄉鎮市街，有虔敬拜天的袍服老人，有大眼歡笑的原住民小孩……果然這就是《漢聲》啊，這就是一路由英文版 ECHO 走來的中文《漢聲》啊。

我默默讚嘆著。而面容清雅，身形清瘦的社長先生姚孟嘉就帶著溫文微笑，走到大家座位前，給我們出了第一道題目：二十分鐘，不超過一百個字，描述他背後牆上一幅農村院埕的黑白大照片。

這是日後常常要做的事——為雜誌和書上的照片寫圖文，不要照單白描，讀者的眼睛自會去看，你不要搶他們的事；不要情溢於文，明目張膽主導讀者的感受；不要不痛不癢，寫了好像沒寫。

那時候我心裡沒有這些不要不要，就憑著本心所見所感，寫出幾十字的圖文，費九牛二虎之力，想要做到舉重若輕很自然。

第二道題是看圖寫出拆解童玩九連環的連續步驟。我從來沒看過、玩過九連環，但姚先生的圖示清楚完整，跟著以文字拆解倒也不難。

比我先入《漢聲》文字部的莊展鵬後來告訴我，他們給我寫的拆解說明打一百分。總編輯吳美雲要求的是不看圖示，光聽應試者的文字說明，把九連環拿來，一步步依照說明動手，看能否成功拆解那相連九環，我完美達標。

考後大約一星期，接到雜誌社的電話，通知我過一天去一家俱樂部聯誼社跟吳美雲共進西式午餐。

忐忑抵達沒有來過的臺北高檔地區的高檔大樓，走進極安靜低調的聯誼社餐廳，在靠窗的雙人座坐下後，覺得有點像是進入什麼接近臺北心臟地帶的祕境，座位相隔很遠的幾桌用餐人士輕聲交換的訊息大概都不是油鹽小事。

吳美雲快步微笑走進來了。她很漂亮，一種有氣勢的正大光明的漂亮，那份氣勢，出自她的個性、家世、天分、教育、事業、歷練、相貌……到後來，認識她很久以後，看到她因病變胖，胖了一倍，我覺得她那氣勢是一份連捨掉漂亮都不怕的氣勢，真是強大。再後來，她病逝以後，看見人家寫回憶她的文章，得知她在生命晚期遭逢雷曼事件，錢財大失後的反應，發現她那氣勢是事業財富遭受打擊都可以很快撂下放開的氣勢，真是厲害。

我們點了餐，一邊吃，一邊我就領受她當面的測試，回答她的各項問題，包括我的家庭背景、工作履歷和婚姻狀況。是的，我結婚了，在那一年初，先生陳忠信跟我同校，現在在臺北工作，是一家雜誌社的編輯，政論性的雜誌社，《美麗島》雜誌，雜誌的取向是追求自由民主。跟中國還有中國文化的關係？不，不否定中國。在臺灣各地，如果去掃墓，或去傳統民家，會看見穎川、太原、隴西等等堂號，標記家族是從哪裡來的，所以是記得，而不是否定你從哪裡來。記得，所以一家一族的歷史有定位。可是記得來歷，也不妨礙一家一族在現在的追求，要有更好、更合理生活的追求。祖先有開創的勇氣，渡海到臺灣，那樣祖先的後代，我們，也要開創，要創造更好的社會。

記得，不否定，但是開創，往前走。這是我的即席口頭答題申論重點。

通過了。吳美雲總編輯跟我握手說那你就下星期來上班吧。

二

總編輯 Linda，吳美雲，用人常常這樣不拘一格。她自己是黨國之後，卻用了我這政治取向屬黨國對頭陣營的文字編輯。另一位先我入社的文編黃盛璘，她臺大藥學系尚未畢業，但發現自己另有志趣，不想再花時間繼續念藥學，就直接找 Linda 自薦了。她也是當時社會少見的異類，Linda 不管她有沒有拿到大學畢業證書，被她的熱誠打動，也看準了她有能力，就在她通過入社考試後，把她納入文編陣營。後來她在《漢聲》主編《漢聲小百科》和《漢聲愛的小小百科》，離開《漢聲》後在出版界開疆拓土，亦成績斐然。

文編部門裡任副執行編輯的莊展鵬，年輕，但已經出版了小說集，心思細密周到，採訪編輯功力高強，什麼都不會的我看他寫的採訪筆記清楚、豐富，又有重點，十分佩服，立刻先學了一招，即每採訪一人一事，打開筆記本，先用阿拉伯數字記下年月日，如 700218 就是民國七十年二月十八日。這很容易嗎？對雜亂無章的我來說，看莊展鵬在筆記本上空白頁落筆欽欽寫上乾淨清爽的一串阿拉伯數字，覺得那些數字像水晶一樣閃亮，我那資料注記得像垃圾堆一樣混亂的筆記，有這些水晶數字提領統整，似也像樣許多。這一招或許容易學，但我真不覺得簡單。

採訪筆記本的款式，我也學他，去買了上翻的活頁薄薄小冊。非常好用，輕，好拿，寫完一頁，翻過去後，這一頁的背面留白不記筆記，以後想到相關的採訪印象，或要補充資料，就可以記在這空白頁上。

有時在採訪中，被訪的專家學者想要找紙筆說明，我會立刻好心遞上我的本子和原子筆，讓他使用。

桌上有夾燈，頭頂上有吊燈，袖子挽起，頭髮束緊，工作！而且常常是挑燈夜戰！莊展鵬在我背後畫的這張速寫，筆觸俐落、準確，傳達出編輯部特有的，安靜中的緊張感。真是一張快意好畫，時間、空間都給留下來了，我們的青春也留存在這張畫裡。

這一招讓我省事不少，不曉得是不是跟兩位前輩學的。

我們辦公室的人都多才多藝，奚淞、姚孟嘉和黃永松是不用說了，黃盛璘和莊展鵬也有才！黃盛璘能做木刻版畫，莊展鵬會速寫，他畫過辦公室的風景，還有低頭苦思苦寫的我的背影。

畫得好，字也好。七十年四月四日，好正式的時間註記，不是阿拉伯數字。那時候我們不常照相，感謝他為我留下那一段時空的景致，刷刷幾筆素描，完全抓住了編輯部的布置和氣氛，還有我那使勁用力的精神狀態。

莊展鵬在他二〇〇八年出版的讀書前傳《書遊記》裡，憑他細膩的讀書體會，獨特的闡釋孟子「所過者化，所存者神」這兩句話，他說他讀過喜歡的一些書，有的在坊間再也難尋，如同「過化」了一般，但是他相信書的神氣還在，他要繼續珍惜、閱讀和推介以「存神」。

何止是書，很多東西會過去，我們也會忘記很多東西，漸漸的，我們可能忘記的比記得的多，因此我更珍惜我記得、留存的和朋友記得、留存的，那宛如被天地靈光所照的東西。所存者神。

初始，在《漢聲》的編輯部裡，我的工作有點像是在練筆，常常接到雜誌預定大綱裡的一個題目，上天下地找資料，和大家討論過，寫出來以後，給大家看，然後改，改了又改，改完了，即束之高閣。因為編輯方向調整，內容選題也隨之更改。我有文章是自己的好的毛病，常常覺得用心費力寫出的文稿被擱置了好可惜。

不過在這麼來來回回之間，也別有收穫。我發現 Linda 看文章很厲害。其實自小受美國教育，講話常常中文、英文交錯使用的 Linda 讀中文比較慢，所以她是聽我們唸文章。我們稿子寫好後，拿進她房間，隔著桌子，在她對面坐下，即開始唸文章。有時候抑揚頓錯唸得很得意，她卻叫停說：等等，等等，你剛才這幾句，前面不是說過？

沒有啊，我沒有說過。

有，你說過，你是用不同的句子說同一個意思，你剛才好像是這樣說的……

於是我回頭再唸 Linda 說的那幾句，確實，她是對的。

不要花言巧語，不要舞文弄墨耍本事，不需要的東西都砍掉。我立刻懂了。

文章要有架構，每一句放在架構上的話都得是必要的。她強調。

Linda 還特別不喜歡我有時候會在問句末尾加個呢字。不要呢，她說，你寫的好好的，做什麼要加個呢？不要呢才乾脆，加呢好像小女生講話，呢呢揑揑的撒嬌。

我說還好吧？我看奚淞常寫什麼什麼吧這樣的問句，那吧為什麼可以？

吧可以，Linda說，你唸吧，聲音往下沉，感覺是你經過思考後提出來問題，很成熟、理智。你念呢，聲音往上提，輕飄飄的，可愛兮兮的，好像不小在裝小，不行不行。

我不完全服氣，也不想把呢這個字從我的字庫裡拿掉，不過好像被她洗腦了，到現在在問句末尾寫了呢以後，都會想加呢好嗎？再唸唸看。常常就聽Linda的，拿掉。

三

在編輯部裡，有時我們會自己憑感覺稍稍調動一下座位，但有一次是早上去上班，發現我們的桌椅全都調過方位了，面朝外的變成面牆壁，面東牆的變成面西牆。原來前一晚辦公室來了位善看方位的大師，他對不在場的我們有所感應，一告訴Linda應該怎麼調整我們的座位對我們才好，Linda就等不及的立刻動手幫我們換了，連我們桌上亂七八糟的東西也一併跟著桌子搬過去。

但不論怎麼調位置，好長一段時間，我們幾個，奚淞、莊展鵬、黃盛璘，和我，都坐在莊展鵬鉛筆速寫畫裡的那個房間，與Linda和姚孟嘉的的房間鼎足相對。姚孟嘉總是在，常常在，執行主編奚淞都吃過中飯來，Linda是一陣風來來去去，生病了也照樣工作，感冒傷風嚴重，不斷擤鼻子，衛生紙一下扔滿一桶，電話還是一通一通照接。有一次她住院開刀拿結石，體力略恢復，就把我和美編李昇達叫去病房，告訴我們她肚子裡面拿出多少石頭以後，即開始看我們做出來的稿，指出要修改的地方。帶了花來看她的朋友，驚見我們竟然在她病床邊開編輯會議，都說Linda，你不累啊？你趁機好好休息幾天嘛！

聽說她二〇一六年春天最後一次住院的時候，也是這樣，剛開完刀，從加護病房轉入普通病房，她就開始工作，也把辦公室的人叫到她病床邊來開會。簡直是工作到臨終。這其實是很少人能有的一種福氣吧。

那時看她總綰一切，覺得她太忙太辛苦了，她不僅要管編務，處理財務，擺平各種瑣事和紛爭，每天見各式各樣的人，也要照顧兒子，安頓家務，做媽媽的事。不過充分發揮能力的她應該是樂在忙中，不然不會總是那樣光明漂亮，神采飛揚。

我這新進的文編，也給Linda添了不少麻煩。上班沒多久，先生就在那年冬天因美麗島事件被捕，我得跑軍法處，跑看守所，跑法院，跑監獄，常常我得請假。但我會加班，我會即時做完且盡量做好我的工作，我不辭職。Linda 的背上多了一個我。雖然她在黨政的網絡系統裡面朋友多，關係深，電話拿起來，隨時可以跟沈君山、陳履安、宋楚瑜等望重或有權勢的平輩黨國子弟說話通氣，亦能多得蔣彥士、嚴家淦、夏功權等父執輩黨國大老的照應，但不時要應調查單位之請，去回覆關於我的各種詢問，總是恨不能省的討厭事。

Linda 背負著我，但她看我的眼神就是一個總編輯看手下編輯的眼神，從未顯露一絲厭責之意。她選擇了我，就是選擇了我，連帶承擔隨我而來的事情。她很少跟我討論我的處境，也只在林宅血案爆發後問過我害不害怕，為了安全，要不要暫停工作，回老家休息一下。我怕我如果承認害怕，點頭說好，就回不來這裡工作了，因此跟她說謝謝，我不用休息，如果要顧慮安全，走在路上，搭乘公車，都不一定安全，坐在家裡也未必安全，我想我還是留在臺北，先生有事情，隨時可以照顧。她點點頭，也只叫我多加小心，別無他話。

聽了她的話，也領受其他朋友的關心，我每晚下班回家，從玄關開始，一路進屋，一路開燈，我一定把全家的燈都打開，檢查過室內、陽臺每一角落，再回頭關掉不必開的燈。臥枕旁邊的枕頭底下，我放一把打開的瑞士刀，因為怕睡著了會晚一步醒覺，所以多設一道防衛。

Linda 對我，也不是不設防的。我之存在，或許給了出身背景與眾不同的她一些些觸動，讓她看見關於臺灣社會的過去、現在與未來，是有不同的命題與詮釋的。我身上的風雨氣息，她自然會得留意，不讓風雨透過我襲入她那邊的那個世界。一點點風絲雨片其實完全無礙那個世界的運轉，但是稍微擋一下並不困難，為什麼不擋？

做雜誌古蹟專輯的時候，有一天，Linda 通知我們編輯部說她要在一個週末假日帶大家去漢寶德先生家裡拜訪請教。漢先生是知名的建

這張照片的情景輕鬆，應是有客來訪，大家圍著編輯部的大桌聊天。最右邊侃侃而談的是 Linda，她旁邊是文編黃盛璘，黃盛璘旁邊是我，我旁邊是美編陳美兒。

築學者，在我初入東海大學就讀那年，他還在東海建築系系主任任上，是校園名人，因此這時聽說要去登門聆聽先生有關古蹟保存的想法，我非常高興，拜訪當日也早早就到了特別瀰漫著熱切氣氛的辦公室，準備和大家一起過去。可是臨要出門前，Linda 把我叫去說她想不要去太多人比較好，所以我就不用去了。

很失望。但也立刻懂了。我，最好就在編輯部裡，不要去人家家裡。家，是一個人的城堡，讓我這個有案底的人去漢先生家裡妥當嗎？Linda 必是幾經思索，決定有些事還是防一下好，有些人還是隔一下好。於是，我就自己回家補眠做家事了。

不怪 Linda，我知道站在她的立場，當然應該提醒自己人心難測，要多想想，要保護好朋友和採訪對象，一點點狀況都不能出。

先生發監入獄，社會氣氛略定之後，Linda 才告訴我她幫我算過命。她不知道我的八字，但知道我的生日，所以是請能人用西洋紙牌幫我算的。能人說，我是龍年生的獅子座，龍與獅子，非屬一般，都不是溫馴的動物，兩個加起來更猛，所以我命中註定會有事，躲不了的，非得要走過刀光劍影這一段，不經過這一段，我的人生也不會好，要走過了一般人很難招架的風雨途程，我才會轉入平順的路，未來會很好。

聽了很安慰。我立刻決定要相信我會有風和日麗的未來。Linda 彷彿比我還要覺得開心與安慰，是註定的，你一定會碰到這些事，不走過不會好，走過就會好的，她反覆這樣說。

那時曾有關心我和陳忠信的長姐似的朋友，在陳忠信被捕以後來電慰問：希望你們都好啊，希望忠信會很快出來啊，他那麼忠厚老實的人，都是被那些壞人害的才捲進這件事情。

她說的壞人是指其他美麗島人。

那時也在臺北的書店碰見一位內蘊深厚的文藝雅友，我們像兩隻互觸鼻子探交情的狗一樣在書架間聊了幾句，然後她問陳先生好嗎？

陳先生？怎麼不說名字說陳先生？我們不是朋友嗎？之前我們不是常在周渝家喝茶聊天好開心？我那時候有顆敏感易碎的玻璃心，立刻不高興、不體貼的說你怎麼叫他陳先生，好奇怪。

一點也不奇怪啊，在那個時候。

又一天我碰到一位多時不見的喜歡寫作的年輕朋友，她看到我很開心，也問到陳忠信好不好，現在在忙什麼，還寫東西嗎？原來她什麼、什麼都不知道。我只好告訴她陳忠信被抓起來了。看見她那不曉得要說什麼的驚訝表情，我的難過裡面也夾著痛快，痛快中痛更大於快。原來，發生了那麼大的事，也有人全然不注意，不知道，事如輕風吹過。

世事本如此吧。遇見的種種，常讓我多感落淚，一點不像龍加獅子那樣猛。

四

幸好我有工作。

那時候，在《漢聲》的工作，雖然不輕鬆，但走進那間老公寓三樓的辦公室，常常會讓我暫時擱下生活裡的不輕鬆，反而有種類似休息的心境。加班做文字活，比起我在辦公室外遭逢的困厄，簡直是小菜一碟，而且我放下包包坐下以後，除了工作，還有同事朋友可以聊天，文學、藝術、創作種種話題，每天層出不窮，一部電影，一本書，可以講很久，「你覺得白先勇比較行，還是張愛玲比較厲害？」之類的問題，亦可以讓人思索良久。問題糾結難解時，姚孟嘉若剛巧進來，被我們拉著問，他會微微笑著三兩句話點一下，例如這樣：你說誰的小說看完以後，會讓你放在心裡，想比較久？

他是舉重若輕大師，他一點，我們好像氣就通了。

姚孟嘉是辦公室裡的中流砥柱。他心細手巧人寬和，而且非常聰明。奚淞在家裡畫了什麼或寫了什麼，拿到辦公室來，總先去獻寶給姚孟嘉看，聽他怎麼說。編輯方面，任何困難的構思，他都有辦法落實。辦公室出了什麼事，或哪位同事有私人的困擾，先找他沒錯。他有超人的耐性，從來不生氣，以至於曾有那真心愛惜他的同事去跟他說大家都給你惹麻煩，你生生氣吧，你怎麼都不生氣呢？生氣有什麼關係？你就發一下脾氣嘛！

可他還是微微一笑，不回答，也還是微微笑著不生氣。

一九九六年，姚孟嘉五十歲就放下一切走了。他走了二十多年了。大家還是想念他，會揣想要是姚先生還在的話，會怎麼樣？他不生氣，大家想起來卻都氣他：他太累了，他超支了他的心力，卻什麼都不說，不舒服了也不說。

姚孟嘉，姚先生，他那不說之說，在他走後二十年，我卻慢慢懂了。這二十年，是我人生另一個爬山的階段，我懂得，為了成大事，必須讓不愉快的小事情過去，不能讓小疙瘩成為絆腳石。我懂得，一個人辦不到的事情，兩個人、三個人、很多人一起做卻可能做成，有想法有能力的人要多付出一點，這付出，是犧牲，是安然自決，是涵養氣量，是自我完成，是只能微微一笑，無法多說的。

很多事，不能說，就做吧。累極不能做了，姚先生就像他拍的一張照片裡的人一樣，渡河而去。

那張淡水渡船的照片，彷彿姚孟嘉是回望後面拍的，以前我看那張照片，是跟著他的視線朝山水渡船看，只覺得構圖真好，真美，真有意境，能觸覺滿溢的大氣和靜音。現在看那張照片，卻跟渡船人一起往前承接到了他的視線，感覺到了他回望視線裡的溫暖情意，他對後邊渡水人的關懷。

當時辦公室裡，一星期還有兩天顧問會蒞臨。民俗專家郭立誠老師，什麼都能回答的辛意雲老師，應 Linda 之請，輪著來為我們解惑。近些年看辛老師大學退休後在民間各書院、學院開哲學、佛學各種課，好多熱心學生跟著他跑，一節課都不捨得落，就想：我們那時候真是撿到了還不知道自己運氣！

受外國教育長大的 Linda，隨時、主動找機會充實自己的中文能力和文化修養，她自己不間斷的跟辛老師上課，在編輯部裡也經常找各方面的老師來為我們打底氣，每要展開大計畫時，她更是卯足了勁請老師為我們編輯上課。老師們，像蔣勳、夏鑄九、馬以工、黃永洪、鄭明進、莊靈、李乾朗、邱坤良、許雪姬……被 Linda 硬是請了來，一時也不知怎麼說，不過一開口，再經我們輪番傻問，扣扣嗚嗚，東西就出來了。

做《漢聲中國童話》之前，花費很大功夫準備。收集來的故事資料，黃永松、姚孟嘉他們要把關、過濾、挑選，大家也常討論故事該怎麼寫，重點是什麼，文字要怎麼運用，什麼樣的語氣才對……我們文字部在構思以外，每個人都拿幾個故事去試寫，想要抓對味道。

主編奚淞一寫就對。祕訣是他一貫乾淨的文字嗎？奚淞說我亂講的噢，只是要記得，是寫給小孩看的，要寫得簡單，最好在簡單裡面有東西，是簡單又豐富。

那可難了。

他又說，我亂講的噢，我是說，決不能寫得抵死抵活，好像要人哭溼三條手帕那樣。寫孟姜女的悲劇，孟姜女都哭死了，但你也不能抵死抵活，滿紙悲情，濃得化不開。要進得去故事，但不能被故事淹沒，還要能出得來，像格林童話那樣。

奚淞亂講，常常都很有道理。可是真難。

莊展鵬是安徒生童話專家，他用他樸實的話語畫重點給我們講了好幾個安徒生故事，美人魚，醜小鴨，還有他特別喜歡的小錫兵。真是好故事。最後獨腿的小錫兵熔成了一顆心，莊展鵬低頭微笑，用兩手比出一顆心的樣子。

小錫兵沒有大哭大喊抱怨他的人生不公平。安徒生沒有抵死抵活寫小錫兵有多麼不幸。最後小錫兵成了一顆心，真是餘味無窮。

我有點懂了。我也想起一些童話片段：風雨交加，雷鳴電閃，落難的豌豆公主叫開了城堡的大門說我是公主，我是真正的公主……桌上的牧羊女和掃煙囪的青年是一對瓷偶戀人，自以為是的瓷偶老頭卻要拆散他們，另外安排牧羊女的婚姻，於是那對戀人逃進壁爐，在黑漆漆的煙囪裡朝著一點星光往上爬……為讓中了詛咒變成天鵝的十二個哥哥變回人形，公主妹妹甘心守住與巫婆的約定，七年不語不笑，甚至在火刑柱上也堅守約定不動搖，努力編織第十二件能破除咒語的亞麻外衣……

我會放在心裡不忘記，是因為那些片段對我有意義吧。

由於是大計畫，我們這幾枝筆忙不過來，美編部門也缺人。誠徵編輯。陸陸續續，編輯部來了好多位編輯，女生居多。大家都年輕好奇，滿懷熱情，極其努力，好多位後來都在不同的地方做編輯，做文字、美術工作，友情也繼續。

九蒸九曬的青春

——《漢聲》記憶　之二

一

在《漢聲》那段熱火的編輯時光，我們常常兵分幾路，同時又做雜誌又做書，做得眼睛發直，腦袋發暈。是 Linda 還是發行人黃永松，覺得年輕的編輯光埋頭面對圖文資料不行，還需要轉轉心思開開眼。於是大家一起學打太極拳、八段錦，比畫間感覺力道與韻律。也一起去爬過山，露過營，山清水秀間，唱歌，游水，頗滌塵懷。我跟著去過黃永松龍潭的老家，吃黃媽媽的道地客家菜，她用在她家二樓陽臺採的碧綠柚葉洗淨墊著蒸出來的白胖菜包粿，香氣撲鼻，好看，好吃，難忘。奚淞媽媽的奚家菜是有名的，他帶奚媽媽晶潤甘甜的江米蓮藕給我們吃過，也自己用一把小水果刀旋切小黃瓜後涼拌了給我們吃。嘖嘖。後又去過奚淞家喝茶聊天，在他家附近田埂散步，他慷慨讓每人選兩幅他的木刻版畫帶回家。

我的兩幅是「撈油的漁民」和「茶花」。那本茶花，花枝勁挺，花朵妍麗。得了紙上茶花，再不用買盆栽茶花了。

又一天，奚淞來辦公室，把大家召攏說要教我們唱一首採茶山歌。他在白板上寫下歌詞，說你們看，是這樣的簡單又強烈，這樣的婉轉又直接：

茶葉青欸，
水也清欸，
清水燒茶，
獻給心上的人～

情人上崗你停一停欸，
情人上崗你停一停欸，

喝口清茶，
表表我的心。

上山的小路通到茶山頂，
石頭都踩得亮晶晶，
它送走多少風雨的夜晚，
它迎接多少燦爛的黎明。

我高聲的唱呀，低聲的問，
我唱的採茶歌，你愛不愛聽？
這歌聲像不像你家鄉的曲調？
採茶女像不像你心愛的人？

茶葉青欸，
水也清欸，

清水燒茶，
獻給心上的人～

這是《詩經》，這是沈從文啊！奚淞說。字句這麼的簡單，但是一句一句把情感往前推，逼到緊了，忽又收回來說算了，老娘也不逼你了，來喝碗茶吧，都說到這裡了，再多說就沒意思了。這麼迴環往復，一下捏緊，一下放鬆的，又簡單，又不簡單……然後教唱，歌也好聽，或悠揚，或高亢，餘音裊裊，聽過就不會忘，且一直為採茶女心疼。

一時辦公室裡採茶女的歌聲此起彼伏，大家也唱起別的歌，連辛老師也教唱了一首，開頭是「將帶著淚水的箋，送給那旅行的水，何時到你身邊，帶去我的祝福……」，浪漫極了！

這應該是做足了準備，漫長的十二本《漢聲中國童話》編寫之旅就一本一本展開了。像《漢聲》雜誌出刊就是話題一樣，每出一本童話，報章媒體都有專文評介，我們編輯還要輪流上電臺去介紹。隨時都有電話打進辦公室詢問《漢聲中國童話》的銷售事宜，長銷的數字非常亮眼，後來聽說起碼有二十幾萬套。光我一個人就買了好多套送親戚朋友，收到的人都眼亮歡喜。似乎家家都有想聽故事的小孩，送一套中國童話準沒錯。

後來出《中國結》、《中國米食》、《漢聲小百科》、《漢聲愛的小小百科》也很成功。好看，實用，長銷。

那是出版的黃金時代。一眾編輯也貢獻了我們的黃金年華。加班趕工是經常的事，有一次為了趕著將一再延期的雜誌一清早送進廠，幾個人前一晚在辦公室忙到大半夜不回家，完工後我和美編郭娟秋去隔壁公寓的 Linda 家倒頭榻榻米上昏睡個三、四小時，早起 Linda 給我們烤麵包，抹黃油和沖咖啡，吃完我們衝回辦公室，再衝去印刷廠。

那樣的日子，壓力很大，不容易撐下去，一改再改的寫稿過程可能會磨掉寫作者的信心，一再加班的工作型態會讓女友抱怨，男友生氣，夫妻反目，爸媽不高興。我自己也懷疑，要是我和一般人那樣，要過正常的家庭生活，有沒有辦法蠟燭兩頭燒。

有些人走了，有些人走了又回來，有些人回來又走，而留下來的人不時會嘀咕，但嘀咕完，還是加班，還是趕工。或許是因為年輕有夢，因為身在出版的黃金時代，想要貢獻自己，想要做出好東西。也知道到了某個時間點，一定會離開《漢聲》，此後長久回憶，永遠懷念，不過此時此刻，身在《漢聲》的魔法氣氛裡，你會拿出拚勁，全力以赴。

彼時彼刻，大家做了意想不到的事。大多是二十來歲的編輯，在家何曾主中饋燒頓像樣的飯，為了製作《中國米食》，卻不但要去餐館或某些人家訪問主廚掌杓者，還要依據採訪得來的食譜，一步步親自下廚切割烹煮，證明誰都可以按照我們提供的精準食譜，做出各類米食。飯類粥類的米食還不太難，粿類糕類就不容易了，從來沒做過年糕、碗粿、河粉的小姐，都要由最基本的素材，糯米、在來米等一粒粒的米開始下手，製成米漿、米粉、粿粉團，再做成可以上桌的食品。

辦公室附設了廚房，一次次習作，燙傷手背，切破手指，汗流浹背，終於做出可以拍照的成品後，趕緊盛盤上桌，打光拍攝，務必讓人覺得那是剛揭開蓋的煲仔飯，那是剛剝開粽葉的鮮肉粽，那是剛煎好離火的蘿蔔糕……

那是九蒸九曬的青春。曾有編輯，在做第十二本的《漢聲中國童話》時，開始悄悄整理自己的桌子，一天一點，桌上雜物漸漸少了，最後只有必要的文具。那最末一本童話進廠印刷後，她清空桌子，下班回家，第二天就不來了。我靜靜看著，知道她終於掙脫了魔法。

不過掙脫魔法的人，回家休息了好一陣，新的大計畫要開始前，Linda召集人馬，她又歸隊回來。她的桌子上，一天天又擺滿了東西。來去都是故事。

二

因為做雜誌和做書，我們踏訪過許多地方，山海，稻田，園圃，廟宇、市街、古樓，也見識過許多人物，像在美濃的笠山農場見到鍾理和的夫人鍾平妹女士，覺得她是從鍾理和的書裡面走出來的，在書裡面她年輕，走出書頁，來到我們面前，她老了，但是老得真美，一開口，聲音那樣柔和，吐語那樣文雅，大概看我感動得說不出話來，她兩手拉住我的手，揣在她懷裡好久，熱力一直傳到我心裡，把我眼淚都催出來了。這位臺灣婆婆，這位客家美人，這位小說的女主角，當然最終又走回書裡去了，是永遠的存在。不過她那小小的個子真的出現在我面前過，雙手緊握著我，讓我真想擁抱她。

當時在採訪中也發現許多人與《漢聲》對面相逢時，似乎也覺得感動，因為被看重而感動，因為感覺到自己的存在而感動。什麼？會包粽子，會蒸發糕，會灌香腸，會風雞醃肉，也是個事？也值得被細細記錄了，喀嚓喀嚓拍好多照，放進書裡面？

民間的生活，也是個事。裡面有滋味，裡面有美感。

不過，那時候是解嚴前，做這些芬芳溫暖、人畜無害的題目，還是要當心，當家人萬不可疏忽鬆懈。記得在一九八一年製作第十期《漢聲》雜誌「古蹟之旅（上）」專題後，我們辦了一場邀請讀者跟隨導遊，一起實地踏尋臺北古城的活動。活動當日，六月颱風尾帶來的雨勢不小，但是在前一天與協辦單位一起開的工作協調會議上，Linda 根據氣象預報、活動準備人員的士氣、許多表示不肯打退堂鼓的讀者電話，力排眾議，主張活動要一鼓作氣，照原定計畫進行。

活動日一清早，臺大歷史系的逯耀東教授全副雨衣、雨鞋裝扮，直接來到辦公室說風雨無阻，一定要走。八點以後，報名要參加的朋友、總領隊李登輝市長、總導遊林衡道教授和四十幾位受過特訓的大學生導遊，都來到活動起站北門公園，結隊走進風雨，尋找臺北古城。

臺北古城建城於光緒年間，完工十年後，即遭日軍拿下，此後日人逐步拆毀城牆及廟宇、官署等重要建物，只象徵性的留下四座城門——現在叫作北門、小南門、南門和東門，但這四座城門中，也只有北門最接近建成時的閩式原貌，其他三座都在六〇年代改成中國北方式的城樓樣式。所以踏尋臺北古城，是在古意多不存的現代臺北市，依循我們找到的古蹟資料，發揮想像力，沿著曾經矗立古城牆的汽車大路——忠孝西路、中華路、愛國西路、中山南路，繞行一圈。社內多人都分配到一個據點，要站在那據點，拿著曾經存在之古城建物的圖樣和解說牌，等候導遊帶領一批批讀者雨中行來，到得眼前，即為他們指點前後，比較今昔。我的據點在洛陽街口通中華商場的路橋上，雖然風雨漸小，但還是得扯開喉嚨大吼，與風聲雨聲汽車聲對抗。

在橋上據點駐守一兩個鐘頭後，美編李昇達、賴君勝跑來通知我所有讀者都走完全程，抵達終點站中山堂了，我才下橋。我們一起轉往西門陸橋，通知那裡的守軍奚淞撤退。雨勢

「伸出手來，你就可以觸摸到台北城的北城牆！」
擔任第一隊導遊的漢聲社長姚孟嘉
在中華商場第一棟旁邊的空地上繪聲繪影的解說著
鳴笛而過的火車巨響隱退了
綿密冰涼的雨水不見了，古老的城池在眼前升起
大家神遊於時光隧道中，渾然忘我

臺北古城的城牆一段不留，全被日本人拆除了，但是姚孟嘉站在倖存的北門前說：「伸出手來，你就可以觸摸到臺北城的北城牆！」
這張照片出於《漢聲》雜誌第十一期第九八—九九頁。感謝《漢聲》雜誌慨允借刊。（《漢聲》雜誌第 11 期古蹟之旅（下）©1981，英文漢聲出版股份有限公司）

已收，但我們拿著城牆手繪圖和說明各據點今昔異變的解說牌，模樣狼狽，走在昔為城牆所在的馬路邊上，活像一群散兵游勇。

解說牌共有二十來張，前一天才做好。上面的說明文字，我們文編都校對過了，沒有錯字，但是臨下班前，黃永松特別叫我去再校對一次。好，我又從頭細看了一次。仔細一點沒錯。我知道做事情要抓大，也要抓小，這是《漢聲》四君子黃、吳、姚、奚的組合時有佳作的原因之一。

看完之後，黃永松說現在這每張牌子的文句，你再反著看一次。

什麼？反著看？

對，反著看，他說，你反著看看有沒有出現什麼問題字眼，這可是要在公眾場合給大家看的，不能出事。

原來如此。每張解說牌的文字，我都反著看了一遍，看會不會出現什麼「打倒蔣家政權」、「共產黨好」之類的話。

幸好沒有。黃永松又要我交叉對角斜著檢查，看會不會斜線相連，出現什麼不妥反動的礙語。這，也太小心了吧？誰會那麼厲害，還斜著寫反文啊？

看我忍笑，黃永松正色告誡說你不曉得，以前出過這類的事，出了事就很慘，不是故意的，但跳到黃河也洗不清。

那是，要真不巧出現斜著寫的反文，有關當局第一個懷疑的應該是我這反黨的太太。所以我斜上斜下的認真檢查了好幾遍，檢查得眼睛都花了。出過事的。《漢聲》的總提調黃永松，長我不過十歲吧，看或聽過人家出的事，好像深入肌髓，不能或忘。我是自己身上出了事，卻還要人提點當心，當心。

那是一九八一年，美麗島人還在獄中。

三

在《漢聲》工作的四年，我參與編輯了古物、古蹟、稻米等多本專題雜誌，和中國童話、中國結、中國米食等叢書。做完米食後，下一個大計畫是為兒童做的《漢聲小百科》，先期的資料收集工作其實早已展開，採訪的觸角伸向各處田野，我也跟美編依循計畫編輯的藍圖跑了些地方。一九八二年秋，Linda抽空帶領編輯團隊參訪日本，大約十天，去了東京、奈良和京都。那是我第一次出國。飛機升空後，大家都覺得心內一陣輕鬆，有了放假的感覺，姚孟嘉擎著一杯白酒，笑咪咪過來跟坐在他後面的幾個人碰杯致意，他還對我說了句英文。我的閱聽機制沒有切換至英文，因此楞了一下，但立刻切換過去聽懂了，他是說：I hope you will have no more tears.

那是姚先生在無垠高空給我的祝福。我感動無語，點頭拜領了。

落地後在奈良與京都，我們參訪古寺、林園，領受千年時間的重量與質感。在東京，我們拜訪了有往來的出版社和印刷廠，去了上下幾層都賣圖書的大樓，整條長街都賣舊書的書肆，也看了美術館和博物館，看了電影，甚至受邀去一位童書畫家的家裡吃晚飯，像走進後來看的日劇人家。那幾天，所遇之人皆客氣認真，不識的路人還會為我們帶路。所謂文明昌盛之國，就是那樣吧。

我們在奈良、京都住的是民宿，潔淨又方便，走出門就是公園或人家巷弄，極有風情。在東京第一晚住的是臺灣人辦的一家不太好的旅館，那裡真的只是供人落腳，住客品類駁雜，有些像是跑單幫的，有些大概是跑路的，我們就跟不同來路的人混住在一間，橫七豎八各占一角榻榻米。

Linda 皺眉，但是天晚勞頓，也就住下。第二天去拜訪出版社時，接待的編輯問到我們住在哪裡，Linda 順勢說起我們住的旅館不太好，想要換一家好的旅館，是不是有那種榻榻米旅館可以為我們介紹？

這樣啊？幾位接待編輯立即交談一會，又請人去聯絡，不一時回話說有的，榻榻米旅館有的，是不是要呢？可以為你們訂怎麼樣的房間呢？

Linda說要兩間，一間男生住，一間女生住。

日本編輯很高興的說，好的，沒問題，你們今天傍晚就可以住進去了。

傍晚我們搭計程車過去，在陌生的市區裡三轉兩轉，轉到一處大園牆外，司機說到了。

我們進簷門一看，是走進電影

一早，男生、女生共進豐富的日式早餐，右排是 Linda、黃永松和鄭明進老師，左排是姚孟嘉、奚淞、我和黃盛璘，攝影者為李昇達，他的用餐座位在鄭老師旁邊。

去了。大圍牆內是花木扶疏的日本庭園，和服女老闆在平房玄關跪下迎客說歡迎光臨，為你們引路，請先去休息一下。

這房子曲曲折折，怎麼一轉都好看，是個大別莊的樣子。男生住一間帶院子的屋子，女生住另一間帶院子的屋子，相隔頗有段距離，來往要踩庭院踏石，經窄窄小門，再分花拂柳走繞彎小路，像寶玉、黛玉他們在大觀園裡一樣。

入夜後，院裡的低矮石燈亮起，迴廊和房間紙門裡也次第點亮暈黃的燈，植栽朦朧，涼風起天末。這哪裡像是在大城市裡？

我咋舌不已，心想此生竟得入住這樣高雅的榻榻米旅館，不知房錢高到哪裡去了？但 Linda 不動聲色，跟引路女老闆說這屋子太好了，非常滿意。

後來大家聚在一起的時候，發現鄭明進老師和黃盛璘他們心裡轉的念頭同我是一樣的。畢竟我們不是黛玉、寶玉，滿腦子都是錢的問題。不過 Linda 跟我們說，誤會一場，住了進來，這裡房錢當然是超貴的，但是既經人介紹來了，就咬咬牙開心的住，好好享受這麼棒的旅館，明天還要打電話謝謝人家，可不能嫌貴搬出去，讓人看不起。

誤會一場，但要好好享受。

一直佩服 Linda 這點。她能夠審度時勢，很快決定態度，決定了，就往前走，不拖拖拉拉浪費時間懊悔生氣，或掉頭往回走。她也從來不說喪氣話，或擺苦臉，讓人覺得前途無望，一片黑暗。做一個領導者，應該要像她這樣子，大氣，大方。

日本回來後，大家繼續工作，繼續加班。但是過兩天我們收到日本寄來的包裹，原來是那旅館老闆娘寄來的，包裹裡是我們留在旅館房間的幾本雜誌。因為在東京跑了好幾家出版社，也去了印刷廠，拿到好多他們贈送的大本雜誌，要打包回臺北時，雜誌沒法都帶，便留下幾本，疊好放在房裡。不想那些雜誌緊跟著我們飛到臺北來了。附信裡，老闆娘以秀麗的字跡寫道：貴客忘帶的雜誌，我們為您寄回，希望沒有耽誤到事情。此次感謝您大駕光臨，期待您下次造訪這裡時能再度蒞臨。天氣冷了，請保重身體。

那些我們扔下的雜誌上還另附禮物：棉紙包的一條圖案古雅的手帕。

事情可以做到這樣周到、漂亮。

有些地方在你離開後，會跟著你回家。

我們都大為感動。

最被此行觸動的是年輕的黃盛璘，她下了決心，開始學日文，幾年後主編完《漢聲小百科》和《漢聲愛的小小百科》，離開《漢聲》，飛往日本留學。真真是出光放電，不負盛年。

多年後，留日回來，且工作幾年之後，她放下拿手編務，又重開新路，飛美留學，習園藝治療。美國回來，她將園藝治療引進臺灣，扎根培土，開枝散葉，打創新局面，教人珍惜土地的價值和植物之大用、大美。

永遠是在現在進行式中，我那現在進行式的老友。

四

要離開《漢聲》了。這一次，是我。

二十七歲的我結婚，來臺北，入《漢聲》，其後四年，先生被捕下獄，母親去世，父親去世，心境悲傷難言，身體曾經頂不住公私兩忙而當機不靈，但就醫後又好了回來。畢竟年輕，恢復得快，但我知道我很需要休息。

先生陳忠信於一九八三年十月出獄。通知我就要放他出獄的電話打到辦公室來，我趕忙跟 Linda 請假，聯絡了住板橋的芳江大嫂，隨即由她開車載我到桃園的龜山監獄接人。我的生活翻過新頁。

陳忠信試水溫般的慢慢踏入睽違四年的臺灣社會，也開始工作。我懷了寶寶，初時還上班，但每天早上狂打哈欠，十分疲倦，我立即知道寶寶需要我這個先天不足的媽媽全心在肚子裡好好的養他，我需要在一個安靜的洞穴裡每天睡飽，吃好，因此我跟 Linda 懇談後，在一九八四年春離開《漢聲》。

我喝牛奶，聽莫札特，散步，然後在很熱的夏天生下一個健康的足月好孩子。兒子剛會站，還不會走的時候，我帶他去《漢聲》給 Linda 看。Linda 說漂亮，真是漂亮，你是對的，你好好休息懷他是對的。

很高興得到她的認可。說著說著，她話頭一轉，叫我再回《漢聲》上班。你可以在辦公室附近找一個保母，每天早上帶孩子來，坐計程車來，車費我出，也會給你好的薪水。她說。

她還說，工作交給我，她放心，因為我不怕她，我會講我的意見，講完以後，若她還是決定照她的想法做，我就接受，但我不會把問題藏在心裡胡亂做去應付她，我會確實問清楚她想法的細節，然後執行，因為不繞彎，很快做成。她喜歡我這樣。

數年角力，我很高興聽到她這樣說，也很感謝她要我回去工作，但是不行啊，帶孩子和上班都是吃力的工作，以我的體能，沒辦法同時做好兩樣吃力的工作。而且那時候是臺北的交通黑暗期，若是每天來回花兩三個小時帶兒子在到處堵車的臺北縣市跑，讓他乾淨的肺飽吸髒空氣，我捨不得。

每次我帶兒子去固定的一位小兒科醫師那兒健檢，醫師看他的眼睛、口腔，聽他的胸腔，拍他的背，又捏他的腳，敲他的腿，檢查過後常會滿意讚嘆說：宛如處子，宛如處子，宛如處子的處子就是他，你抱的這個小男生，你這個兒子，就是老天爺給的處子，裡裡外外，乾乾淨淨，沒有毛病，真好啊！

我的心早已朝向對人類懷抱著詩情愛意的醫師為我指點的媽媽路奔去，只能跟Linda說抱歉了。但是後來Linda領軍製作《漢聲精選圖畫書》、《漢聲精選世界成長文學》等套書時，我在家裡幫忙做了些閱稿修文的事。而我當時和之前參與編製的這些書，也一路伴隨著兒子長大。

一個全職媽媽的工作，不比出門上班輕鬆，下筆很慢的我在生活裡找空檔寫了些東西，記錄當下，追憶過去。在我慢慢展開的時間裡，姚孟嘉故去，莊展鵬生病，Linda生病，然後Linda走了，好像大家在以各種方式退場。唯又看見退休的奚淞在探索佛境，在畫美麗的大畫小畫；黃永松還在飛來飛去跑田野，為時空留下標記；黃盛璘也在路上奔波，造人與植物、動物能安棲的園地；辛意雲老師則退而不休，嘉惠向學的心田。鴻蒙微光，卻是慈心無限。

我和我的《漢聲》姐妹有時聚會，有時同遊，有時笑鬧，有時互槓，且又臧否人事，編派是非。大家離開《漢聲》以後各有悲歡際遇，但我們永遠可以咻一下相招飛到去今已遠的《漢聲》時代，而且是很高興的飛過去。因為，現在我們不用在那裡加班，改稿，重寫，重畫，生病不休息，星期天不約會，被盛年氣旺的 Linda 或黃永松抓著折磨了。

我那一段專職的編輯歲月，其實並不很長，只有四年，但是得到的，可想的，卻綿延至今。謝謝你，Linda，你給了年輕的我那般豐富扎實的四年，讓我在困頓中猶能不失尊嚴的立足於世，養活自己，照顧先生，且於流光中看見美好的人，和人世美好的風景，因此我除了哭，還能夠笑，因此我沒有分裂破碎，我還能是我。

青春無嫌猜的年代
——回憶蘇慶黎和蘇媽媽蕭不纏　之一

一

那一年，一九七九年，夏天，我剛結婚，由臺中搬到臺北，租屋在臺北南區半山腰社區的公寓七樓。

會在於我完全陌生的臺北找到這距離臺北火車站大約五十分鐘車程的住處，是因為我的大學室友文庭澍婚後曾短期住在這個社區，我來看過她，知道這裡，喜歡這裡的綠樹清蔭，所以在報紙租屋欄上看到這個社區有房子出租，便在湧現腦海的綠樹清蔭間打了電話，聯絡屋主。

庭澍又為什麼會住到這交通並不便捷，必須坐社區交通車出入的南區半山腰，是因為她的先生林載爵認識家在這個社區的，《夏潮》雜誌的總編輯蘇慶黎，經她介紹，方在清蔭匝地的南山腰社區安家住下。

所以，我和先生陳忠信會落腳臺北這一僻靜的角落，一住住到現在，四十年了，比我住在自己南部的出生地還要久，都要回溯到那個夏天，那位我在找房子搬家時還不認識的朋友蘇慶黎。

當時，在那年輕的歲月，朋友們同氣連枝，一個個相招，好多都陸續搬來至半山腰上，成了鄰居。唐文標、邱守榕、田秋堇、劉守成、王津平、陳妙芬、蕭裕珍、謝明達、林濁水、陳文茜、林正杰、楊祖珺、賀端藩、蘇治芬……有在這裡相愛的，有在這裡吵架的，有在這裡生養孩子的，也有在這裡被抓走的。

朋友，這些朋友，在政治的光譜上，各有取向，日後走到不同的路上，開展各自的生涯，甚至不太相見，很少往來，可是，在七〇年代末，我初識他們的時候，大家常常有話直說，彼此無嫌猜，而且有著相同的關切，因此樂意走在一起，或者比鄰而居。那共同的關切就是：要打破一黨專制，要有民主臺灣，要有自由、開放的未來。

那青春無嫌猜的年代，雖不久長，卻是永恆的存在。

我們並不清楚我們會有什麼樣的未來的往前走。我們憑藉的只是年輕，和年輕特有的大膽。

我被帶領著，去到蘇姊面對北山，有獨立門戶出入，斜坡上的家屋。

蘇姊，蘇慶黎，我認識她的時候，周邊很多朋友都叫她蘇姊。三十三歲的蘇姊，不論什麼人叫她，都會笑呵呵的轉頭回應，於是我們看見她閃亮的眼睛，圓潤的臉頰，光致的額頭，真是很漂亮啊，這個蘇姊！有一次，黨外老老少少一大夥人走在路上要去吃飯，一位瀟灑風流人物誇蘇姊是「黨外的蒙娜麗莎」，走在前面的蘇姊聽到了，也是笑呵呵的轉頭看看，表示她聽見了，無所謂啊，怎麼叫都無所謂啊，然後她眉毛不揚，神色如常，滿不在乎的轉回頭去，繼續說著話朝前走。

怪不得啊，怪不得她可以那麼年輕就編出《夏潮》。三十歲！她三十歲就能總綰一份硬雜誌的編務，設定議題，集結寫手。在這之前，聽說她結了婚，兩年後又離了婚，對象是創辦《夏潮》雜誌的鄭泰安醫師。她不在乎她的漂亮，她也不把她是女性這件事放在心上，她大概覺得把醫師丈夫轉回醫師朋友更合適些。通常在這個年紀多少總要跟自己搏鬥的，她卻好像不會。她戰鬥與注目的對象不是自己。

我對她那滿不在乎的姿態佩服極了。

這個蘇姊，要是看見你了，會立刻跟你說話，呵呵，好嗎？最近怎麼樣啊？她問。常常手裡還拿了根菸。在蘇姊家裡初看見她的時候，也是這樣，她的菸一根接著一根，煙霧由我們圍坐的餐桌裊裊升起，被查禁的《夏潮》，《夏潮》關注的社會、政治議題，大家以後應該要做什麼，就在這煙霧裡一波一波的湧動著。

蘇姊起身去書房找東西，我和大夥一塊兒跟進去。書房裡滿滿堆著書和資料，臨窗有張大書桌，右手邊置一架五層的竹書架，上面也滿堆著書和資料。其他人忙著鑽入書堆，我一眼喜歡上那五層竹書架，竹材觸手清涼，形制簡單大方，不曉得蘇姊從哪兒弄來的？

她還是一邊說話，一邊手不離菸。唉，非得抽這麼多菸嗎？她媽媽還是退休的護士長呢。被嗆得受不了的我偷眼望望在廚房洗洗刷刷，忙個不停的蘇媽媽。

蘇媽媽蕭不纏女士，那時候年過六十，人很清瘦，精力卻旺，總是忙個不停，家裡收拾得乾乾淨淨，還在屋外的大陽臺種花，在門外的山坡地上種菜。

為了躲香菸味道，我踱到客廳坐下，打量著白紗和暗花的雙層窗簾拉向兩側的落地窗，大口吸進外面流進來的山間清氣，再看看保養得很乾淨的沙發、地毯，貼著黃白色調幾何圖案壁紙的牆壁，以及靠牆一架黑亮的鋼琴，覺得這個客廳正式、時髦，還有點浪漫，不像是蘇姊的手筆，那大概是蘇媽媽的風格了。我在茶几上拿起一本雜誌，不是戰鬥雜誌《夏潮》，是日文的《文藝春秋》。

原來蘇媽媽的日常讀物是《文藝春秋》！我肅然起敬。

二

蘇媽媽的故事，之前我聽人說過一些，後來經由書本、文章、輾轉聽聞，和蘇姊的片段述說，我又拼湊了一些訊息。蘇媽媽，我拿起《文藝春秋》那時，正在廚房打轉，顯然是管不住蘇姊的這個蘇媽媽，曾經年輕過。她在一九四四年，二十六歲的時候，嫁給三十七歲的老臺共蘇新。臺南佳里人蘇新，留學日本東京，在一九二八年，二十一歲的時候，成為正式的共產黨員，第二年即回臺灣組織工人，從事工運。一九三一年，他二十四歲，被日本政府逮捕，坐牢十二年，一九四三年出獄。

出身臺南安平的女子蕭不纏，容貌姣好，氣質高潔，且能自食其力，結婚以前是高雄醫院的護士長，一嫁卻嫁給一位年紀不輕，又看不出前途在哪裡的政治犯，為什麼？

或許，她是出於不忍之心和愛敬之情。她很知道讓政治犯坐牢十二年意味著什麼，她自己的哥哥蕭來福，與蘇新是於東京結識的臺共戰友，也在回臺灣後投入工運，而被判刑十年。懲罰，打壓，隔絕，阻斷，讓你的青春崩解，讓你的生命撕裂，讓你活著嚐到死的滋味，讓世界忘記你，那就是你為無產工農大眾奮鬥的報酬。

就讀高等科學校的少女蕭不纏去臺南監獄探望哥哥時，見到過和哥哥同齡的獄友、兄弟蘇新。這位蘇新，刑滿出獄，回到二十年沒有回去的臺南故里，母親已逝，鄰里陌生，他沒有家了。在他一心為著建造一個更合理的社會而打拚，甚至犧牲、坐牢的時候，他的家散了。蘇新的老伯母流著淚要他重新成一個家。但是出獄歸來，身無長物，要如何成一個家？

蕭不纏與蘇新的結婚紀念照，翻拍自藍博洲主編、時報出版的《未歸的台共鬥魂——蘇新自傳與文集》。照片中的蕭不纏眼神堅毅，或許她知道，婚後，將面對動盪的人生。

這時候，蘇新的生死兄弟蕭來福提出讓妹妹蕭不纏去嫁給蘇新的願望，做妹妹的一向仰敬哥哥，她無法拒絕，搖頭好像比點頭更困難些。於是，她辭了工作，默默嫁給出獄後在彰化工作的蘇新，後又隨他到佳里住下。他們在彰化拍了穿著正式的西服、套裝的合照，沒有舉行婚禮儀式。

終於，三十七歲的蘇新，彷彿是死了，又活了過來。那崩解的青春，撕裂的生命，有人幫他縫合、重建起來。一九四五年，日本投降，戰爭結束以後，蘇新和懷孕的妻子離開臺南，搬到臺北，住了一年多，他積極參與《政經報》、《人民導報》、《臺灣評論》、《臺灣文化》等很多份報刊雜誌的編輯工作，亦寫作不斷。持續關懷著政治、社會的走向，他的人生重新啟航。一九四六年，女兒蘇慶黎出生。做父親的為了慶祝臺灣光復，為了慶祝新時代的黎明光啟，給女兒取慶黎這個名字。

可是，曙光曚曨，這一家，夫妻、父女緣淺，一九四七年夏天，夫妻結髮三年，一歲的女兒還抱在手上，他們就緣斷分別，至死沒有相見。

他們分手之地是上海。

那一年初春，臺灣驚爆二二八事變，軍隊向人民開槍，報刊陸續被封，文化、思想、新聞各方面的許多傑出人物難逃被殺被捕的命運，蘇新在逃亡兩個多月後，由朋友出錢、出力幫忙，改名換姓，更易裝扮，帶著妻女，搭乘輪船出逃至上海。

帶著妻女逃亡，或許是因為夫妻倆一路哄著小孩，像個尋常一般的家庭，容易避過追捕的耳目。可是，一家三人到了上海，上海居，大不易，而國民黨政府追緝之手在上海也逐漸靠近了。蘇新決定單身逃往香港，妻子、女兒則託可靠的朋友送回臺北。那時候，他相信他們有一天會再見面，時局會朝他的期望發展，而他會渡海回到故鄉臺灣。

二十九歲的蕭不纏，在上海待了兩個月後，抱著女兒蘇慶黎，再次登船過海。雖然惶惑不安，但她以為暫時分別後，擾攘風波終會歸於平靜，海上有船相通，過些日子，他們夫妻、父女總會相見。

他們都錯了。一九四九年，蘇新在大陸易幟後，由香港到了北京。臺海阻隔，返鄉路斷，他在他以為是心靈故鄉的地方，繼續隨動盪的政治局勢浮沉，捱過種種打擊，也另外成立家庭，有了一兒一女。清癯瘦弱的蘇新，省視過往，內心雖明白，但身體漸衰，氣

二十二歲的革命青年蘇新，在東京。照片翻拍自藍博洲主編、時報出版《未歸的台共鬥魂——蘇新自傳與文集》一書封面。

息微微，於一九八一年過世。

蕭不纏帶著女兒回到臺灣，投奔住在高雄的妹妹、妹夫，並於高雄的醫院重拾護理工作，還省下薪水，託人帶去香港給丈夫。從丈夫那兒，她接獲的最後一封信是他要離開香港以前寫的，他說了他的動向，他提到女兒，他希望女兒以後能夠學鋼琴，接觸音樂。

為了讓見不到父親的女兒過得不比別人家的孩子差，做母親的把女兒托養在家境安定康寧的妹妹、妹夫家，自己拚命工作，兼差賺錢，讓愈長愈好的女兒學鋼琴，學舞蹈。她希望女兒安定康寧的成長。

可是這女兒聰明敏銳，她上初中以後接觸到舊俄文學、莎翁戲劇、古典音樂和三十年代的中國文學，又於十四歲，由第一次去拜望的父親舊友吳新榮醫師手上，接獲父親二十二歲時在東京拍攝的一張照片，此後逐漸瞭解自己的身世，便有了母親所不樂見的心思。

對少女蘇慶黎來說，記事後從未見過的父親，或許從此以永遠的豐容盛鬋、眼神清澈的二十二歲之姿，留存在她的心眼裡。那樣的父親，對她來說，或許比步入中年的四十多歲母親要更親切，更接近，更貼心。三十多年後，父親去世已過十年，她自己罹患癌症，但仍掙扎著理出父親的一些舊稿，奔走於熱心友人和出版社之間，努力要為父親出版全集。

時報文化出版公司出了三冊由藍博洲主編的《蘇新全集》。只得三冊，當然不能算是全集。但是做女兒的拚命、盡力了。其中第二冊《未歸的臺共鬥魂——蘇新自傳與文集》，封面用的那張黑白照片，就是少女蘇慶黎永遠記認的父親，二十二歲，正在展開他的戰鬥歲月的蘇新。

蘇新的女兒蘇慶黎，反叛安逸，拒絕平凡，挑戰母親，走向父親。她和父親一樣追尋夢想，要為無產階級奉獻生命，想望建立公平、正義、合理的社會，她考上臺大哲學系念書，她成長為和母親的期待落差極大的熱血青年。安定康寧是不用去想了。她一路衝撞著走到這裡，我在這個時間點上認識了她，以及蘇媽媽。

三

然而，大家都忙，我安好家後，也早出晚歸，開始上班，其實不常見到蘇姊和蘇媽媽，只是每當見面，就會感受到一種莫名的親近。

在省立高雄醫院護士長任上退休的蘇媽媽，移居這臺北半山腰上的社區，種花，種菜，忍受離婚的女兒在家裡製造的大量煙霧，招呼她那些天南地北跑來，甚至安然住下的眾多朋友，跟著收拾女兒和這些朋友製造的滿屋雜亂，隨時努力把屋子由人民公社紛雜的樣態搶救回雅舍幽居的原貌。慶黎，慶黎，大家喊。蘇姊，蘇姊，大家叫。唉，她是蘇姊了，還能拿她怎樣？她不是理想中的聽話乖巧女兒，但又能怎樣？她不要婚姻，不要小孩，要為無產階級犧牲奮鬥，真的必需要這樣嗎？家裡頭，為無產階級犧牲奮鬥的人還不夠多嗎？她是真的大方，什麼都捨得拿出去，自己的家，就是朋友的家，自己的東西，就是朋友的東西。不過她的那些朋友，多半也不壞啦，來到家裡，總是先問：「蘇媽媽，你好不好啊？」在路上遇到，也總是老遠就喊：「蘇媽媽，你好不好啊？」

唉，好不好呢？難講。他們自己呢，就顧好自己吧，不要出什麼事就好。

那時候，事情一件一件的出。一九七九年八月，《美麗島》雜誌創刊。九月，在中泰賓館舉行創刊酒會時，發生《疾風》雜誌帶人來鬧場抗議的中泰賓館事件。在山雨欲來的氣氛中，九月，十月，十一月，《美麗島》雜誌出刊第二期、第三期、第四期。十二月十日，《美麗島》雜誌社在高雄市舉辦紀念世界人權日大會時，爆發高雄事件，十二月十三日開始，國民黨政府張開網羅，大舉逮捕美麗島人。

出事，出大事了！先生被捕，朋友則如驚弓鳥雀，四散飛逃。先生被帶走之後的那個早晨，我站在凌亂的客廳中間，走投無路的時候，最早打電話給我的是蘇姊。她的訊息來得很快，國民黨閃電抓人不久，她就得知大逮捕開始了。她那時候不在山上，她想到我不是政治圈人，也不認識什麼人，這時候一定六神無主，便由陳鼓應老師家裡打電話來，要我去陳老師景美的家裡。一開始我聽不出她特意壓低的聲音，後來隱隱猜出是她，便慌急下山，找到陳老師家。待我到了，

美麗島事件發生以後，幾位政治犯家屬與朋友在陳鼓應老師和陳太太湯鳳娥家。由右至左為：李豐（另案政治犯李慶榮的太太），本文作者，許榮淑（張俊宏太太），蕭明喜（紀萬生太太），林華洲太太，和老政治犯林華洲。後立者為湯鳳娥。當時大家最愛去景美的陳家，吃陳太太燒的菜配綠豆稀飯，享受不被人監視的，溫暖的家的氣氛。

她抱抱我說沒事的，你不要哭，要堅強知道嗎？我沒有很多時間了，得要走了。然後，她把我交託給初次見面的陳太太湯鳳娥，才急由後門出去，隱入曲折巷弄，匯入往來行人。我像個牽衣不能放的小女孩一樣跟在陳太太後面，剛看見她關上後門，就聽見前門有人重重擊打。是來追捕蘇姊了。只差一步，她就會給逮個正著。

所以蘇姊打那通電話給我，是冒著暴露自己行蹤的危險。

蘇姊遭追緝，李南衡等幾位朋友助她逃躲了一陣，但她認為在劫難逃，決定主動投案，以免牽連別人。疲勞審訊兩個月後，或許是因為她雖然在《美麗島》雜誌上寫稿，也掛名為雜誌的編輯，實際上並未涉入編務，社務也參與不深，而被釋返家。

朋友們去山上的家裡看她，她還是很有精神，手上拿著菸，說著說著還又哈哈一笑。反而是蘇媽媽看起來比較緊張，在廚房裡不停的擦擦洗洗。

美麗島大審過後，一九八〇年夏，秋，漸漸的，有些親近的朋友離開臺北，臺灣。我很羨慕，感到寂寞，感到不捨，心裡好像空了一塊，但也真的覺得他們應該走，應該去外面，去連我們這些不能走的人的份，好好呼吸幾口自由的空氣。

倒是好像比較常看見蘇姊了。有時候會碰見她趿著粗高跟拖鞋，裹著厚厚的鋪棉粉色晨袍，走去社區的小超市買東西。八成是買菸吧。這大概算是她的韜光養晦期。

保平安並不是理所當然的事，要時時留神。那個時代是讀大學時有讀書會案底的人，要出國留學，學校申請好了，什麼手續都辦好了，還不能安心，人都到了機場，上了飛機坐下，還不能安心。飛機起飛，飛了大概一個鐘頭，才終於能夠放心，心想終於逃離樊籠了！這下總不能叫飛機調頭飛回去了吧？

那個時代就是那樣的，保平安並不是理所當然應該要有的事，須得時時留神。所以朋友相見，見到彼此平安，就都很開心，彼此也常交換被跟蹤監視的訊息。一九八〇年二月二十八日，青天白日下，林義雄律師位於臺北鬧區信義路巷內的一樓家屋裡，發生滅門慘案。全臺顫慄，而我們驚覺，身在窮山惡水間，我們並不安全。

美麗島事件發生後，曾有朋友說過那時候大概只有美麗島人的家屬是安全的，我們女人太太們為了救援丈夫兒子，可以衝上去打爛仗，不會有事。

事實證明，這話太樂觀了。從來沒有衝出去打什麼爛仗的老太太和小女孩被殘殺奪命，我們，怎麼會是絕對安全的？一晚我下班回家時，發現全社區大停電，連路燈都是暗的。走進公寓樓梯間時，十分忐忑，心裡浮上不好的想像。走過原來是唐文標住的五樓住屋時，扶著樓梯欄杆抬頭往上看，上面黑黝黝的，什麼都看不見，我怕了，不敢往上走。雖然不好意思，還是去按了五樓那屋的門鈴。

幸好五樓那時候的住家，我也是認識的。是作家孟祥森一家。孟祥森不在，但後來成為我好朋友的梁祥美在，他們的老二小青也在。梁祥美立刻讓就讀中學的小青拿著手電筒陪我上樓，她則開門立在門口等。我上七樓打開門後，小青陪我進屋，一間屋一間屋的，連陽臺都幫我照了一遍。沒事。但等我點上蠟燭，他要走時，我叫他再等一等，讓我拿手電筒去照一照衣櫃裡和床底下。

這個阿姨小心成這樣！小青大概印象深刻。第二天碰到孟祥森，他對我說：以後有什麼事，你隨時來按鈴，我們家那兩個男生，小青，和飛飛，都供你差遣。你需要他們幫你做什麼，就叫他們去做，千萬不要客氣。

那次沒事，但是另外有一晚，我下班回家，發現有人在我不在家時來過。因為有人用過浴室的馬桶沒沖淨，白陶瓷上濺得斑斑點點好骯髒。

驚嚇中，立刻浮上心頭的是小時候聽母親講的高雄家裡鬧小偷的故事。母親說，那回父親去臺北出差，晚上小偷就來了。日式平房外頭月光很好，母親帶著我們孩子睡得正熟，不曉得怎麼她睜眼醒來，看見月光照進屋裡，忽有個人影出現在臨院子的一排落地玻璃拉門上。

誰？母親不敢聲張，隔門看著這翻過水泥圍牆，跳進院子來的人在玻璃拉門外，由一頭走到另一頭，再由另一頭走回來，影子忽忽游移過一格格玻璃，過去，又過來。他在尋隙要進來。幸好母親臨睡前檢查過門窗，那排落地玻璃門的幾個門鎖全拴緊了，前門和廚房邊門也關緊了。

母親一夜不敢闔眼，最終小偷也放棄了，沒有進屋。但是第二天早上，母親在院子花樹下發現了小偷的排泄物。據說那是他們的行規，母親講，他們沒有拿走東西，就要留下點東西，才不會招晦氣。

沒有拿走東西，就要留下點

陳忠信出獄後與老戰友合影。蕭裕珍，在美麗島事件前後是林義雄律師的助理。張富忠，是《美麗島》雜誌編輯，在美麗島事件後被捕坐牢四年。

東西。我想著母親的話，撥電話給蘇姊，問她該怎麼辦。蘇姊說她馬上過來。

她行動迅速，不到五分鐘，就穿著她的標準裝扮，粗高跟拖鞋和粉色晨袍，下兩段階梯，過兩條馬路，上七樓來敲門。不慌不忙去浴室檢視後，她叫我看看有沒有丟了什麼東西。我說看來沒有丟什麼，她沉吟一下，叫我打電話報警。報警也抓不到人的，她說，只是我們要走明路，讓這件事情登記有案，而不是默默過去。

我報案後，管區警察很快來了。記錄立案存查。叫我有事隨時聯絡。就這樣了。蘇姊陪在旁邊，讓事情過了明路。幸好沒有發生第二次。

蘇姊關心的不只是我，她也關心其他政治犯的家屬。她知道政治狂潮橫掃過後，入獄政治犯的家屬，那些女人和小孩，也無辜受到傷害。她想要由救援和照顧開始，重新扶持起元氣大傷的黨外。我們這種人啊，有一次她這樣對我說，就是跌倒在地上，也要抓一把泥土爬起來！不會白白跌倒的，一定不會的！一定會再站起來的！你看著好了！

所以，她這個資深的政治犯家屬，參與了關懷政治犯家屬的工作，和周清玉、陳秀惠、袁嬿嬿、蘇治芬等朋友一起為孩子們舉辦夏令營，讓那些在學校或社區遭受歧視、欺負的孩子可以開懷放膽，玩個痛快。幾年後，我生了兒子，兒子能夠下地走路了，我也帶他去參加過夏令營。

先生，和其他難友，幾年後，陸續出獄。我不曉得他們是不是都抓了一把泥土爬起來，站起來。然而幾乎薪盡斷火，卻是一燈續命的黨外民主力量，漸漸又集結起來，成立了新的政黨。

坐牢四年的陳忠信，出獄後，在春寒料峭的政治氣氛中，以杭之的筆名重新出發，並於九〇年代重回政治第一線工作。

早革命不如晚革命

——回憶蘇慶黎和蘇媽媽蕭不纏　之二

一

一九八四年八月，我生下兒子。當時，我的母親已經過世，婆婆身體不好，所以我做月子是在臺北的家裡，先生每天依我的指導，燉湯給我吃。另一項難題，給肉肉嫩嫩的兒子洗澡，則是蘇媽媽出手相幫。這位老資格的護士長每天、每天，風雨無阻，過來家裡，她邊給孩子洗澡，邊教我們洗澡的整套程序，如何測試水溫，如何抱穩孩子，左、右手分別要做什麼事，都一一指導。她告訴我們洗澡的用品要分別放在哪裡，以便於取用，還有，嬰兒出水後，要怎麼擦乾，怎麼抱出浴室……

兒子滿月後，她盯著我們一個給兒子洗澡，一個在旁邊做助手，無誤通過後，她才放心把這洗澡工作交給我們自己做。

我們兩個新手爸媽，不曉得要怎麼表達對蘇媽媽的感謝。幾乎像是由她把著手，我邁開了做媽媽的第一步。

兒子不到半歲大時，我們租屋的房東要收回屋子。出獄後在家做編輯工作的先生覺得我們或許不容易找到願意長久租房子給我們的房東，又想起他一位音樂界老友的話：我可以每天吃鹹菜過日子，只要頭頂的屋瓦是我的，我就可以站挺身軀，誰也不怕。

先生很認同這話，主張要買房子。在社區四處轉悠，探看售屋訊息一陣以後，我們拿出我做事幾年的全部存款，加上母親在高雄幫我跟的會錢，又去銀行貸了款，買下一棟四樓公寓的三樓邊間屋子。這三面有窗的屋子，就在蘇姊和蘇媽媽家所在的那塊斜坡旁邊，由我們的陽臺和朝西的窗戶望出去，可以看見蘇媽媽在斜坡上開闢的小塊菜園。視線越過菜園，可以望見她們屋前的走道和出入口。住在這裡，我覺得會很安心。

蘇媽媽也很高興我們要搬來這裡。看房子的時候，她曾經領我站在她們家屋前的露臺上，指點眼前的北山給我看。她說那是象鼻山，她很喜歡。她伸手遠遠撫觸山頭平緩的稜線，對我說你看，我們兩家都能看見的，那邊，象靜靜站在那邊，象眼睛在那裡，在微微凹陷下去的那裡，象耳朵在那裡，在微微凸起來的那裡，看見沒有，象鼻子在那裡，放低低的，長長往外伸。真是好山，看著看著，心會平靜。

蘇媽媽又說，象鼻山會擋掉狂風暴雨一大半的力量，每次颱風來，它都會保護山這邊的人，所以對著這樣的山過日子，人會很好很安詳。

象鼻山，我看出來了。可是當時，站在蘇媽媽旁邊的我，孩子初生，萬事波動，聽她講山，我不大能體會語中意涵。年輕的我，隨家人，隨同學，進入過臺灣山區，爬過些大山，走過些古道，那些都還是不久以前的經驗，腦海裡那些山的影像都還那麼鮮明，我因此稍有些五嶽歸來不看山的驕傲。但我略知她被政治力糾纏、破壞，獨力養大女兒的坎坷半生，猜想她大概不會喜歡雄奇陡峭的山勢，眼前這文順平和的象鼻山，於她方有撫慰的力量。

搬家的那天，一早，餵飽兒子以後，我們把他和尿布等一應家當都先抱到蘇媽媽家，託蘇媽媽照看後，趕回舊家等候搬家貨卡。東西都搬到新家，大致落位了，我們才去蘇媽媽家接兒子。蘇媽媽說兒子很乖，在她的床上睡得很好，沒有哭鬧，只是幫他換尿布的時候，乾淨尿布還沒墊上，他就一柱強力急尿猛沖上天，弄溼了被子。哎呀呀，真不好意思，我忘了跟蘇媽媽講我幫兒子換尿布的時候，總先把乾淨的尿布放在右手邊，一看胖胖的小鳥鳥往上一豎，乾淨尿布就一把抓起來擋在他的射程內。大概是最近他很少幹這種事了，我竟忘了提醒蘇媽媽。

小心抱著兒子回我們一住至今的新家的時候，我跟兒子相對微笑。我發現，我已經被毫無悔意，愈發笑得興高采烈的兒子訓練成一個很有經驗的媽媽了。其他嬰兒的事，我沒有蘇媽媽懂得多，但是我懷抱裡的這個嬰兒，已經跟我建立起一生的默契，對他，我比老護士長蘇媽媽懂的多很多了。

我們搬新家之前，蘇姊出國。我每天在家帶小孩，而蘇姊總是神龍見首不見尾的，到她飛走出國了，我才知道這事。她是去美國，去賓漢頓的紐約州立大學進修。

蘇姊二十五歲的時候，曾經申請到美國大學的獎學金，但是她身分特殊，有個共匪爸爸，政府不讓她出國。現在她三十八歲了，終於准她出國。或許是因為，共匪爸爸蘇新已經在三年前過世，讓她出去，她也沒有通天本事見到爸爸。

蘇新去世的前一年，一九八〇年，七月，中共當局第一次，也是最後一次，准許這個飽受文革之災，下放之苦，在自己一心嚮往的祖國被排擠，被欺凌，被侮辱的病弱老人出國，去他年輕時代留學的日本。他帶領臺盟代表團，去東京、神戶、大阪等城市參加旅日臺胞懇親會。那是他離開臺灣之後，最接近臺灣的一次。如果可以，蘇姊會飛去日本與他相會的。但是那時候美麗島事件的餘波盪漾，她飛不出去。

蘇新和女兒慶黎，慶黎和爸爸蘇新，這一對父女的生命線，在上海分開以後，這一世，就是走近了，也擦肩錯過，不得交會。

蘇新去世了，蘇媽媽心裡怎麼想，我看不出，現在我們在家不出門，也常看到蘇媽媽在窗外的草坡菜園裡澆水、拔草的身影。她的青菜、茄子、瓜豆……都長得好，一樣樣輪番收穫。她常常割一大把蕃薯籐過來按我家門鈴，叫我下去拿，說一句菜葉子你自己摘，就匆匆回到坡上去忙。

我好喜歡她給的瓜菜豆茄，黃瓜常常一來是一堆二、三十條，每條或彎或直，形狀都不一樣，有的頂頭還帶朵花。一次吃不完，剩下的常常就切塊拍一拍，用糖醋醬油和蒜頭涼拌了放冰箱，爽脆好吃，又絕對沒有農藥。

菜園臨坡坎的邊沿上，蘇媽媽放了一排七、八個花盆，花盆裡全種了春天開花好大朵的紅色孤挺花。大概是她從原先的一盆分株出來，就愈來愈多，又全都長得好。那豔麗的花色，搶眼的花容，昂揚的花姿，不論誰從坡坎下的馬路上走過，都會不由抬頭去看。蘇媽媽很得意，說那麼大蕊，那麼紅，真水，真好！她常常隔著那排花，跟帶著孩子從底下走過的我招手、講話，說些蔬果家常，說小孩子長得真快、真快，阿谿都這麼大了。

有天傍晚，陳忠信在他的書房工作，忽然出來招手叫我去看蘇媽媽。

蘇媽媽怎麼啦？我問。

蘇媽媽在唱歌。他小聲說，又示意我不要出聲。

我悄悄走到窗邊看。蘇媽媽蹲在那排盛開的孤挺花旁，伺弄著她的菜地，渾然不覺我們在看她。她真的在唱歌。她斷斷續續唱的是〈望春風〉：

獨夜無伴守燈下，清風對面吹，
十七八歲未出嫁，想著少年家。

唱了幾句，她拔起一棵菜，整理整理，忘了往下唱。過一會，她轉戰下一畦，又無意識的撿起〈望春風〉，曲調不太精準的隨興慢吟：

果然標緻面肉白，誰家人子弟？
想要問伊驚歹勢，心內彈琵琶。

又停了。過好半天，才又不甚清楚，顛三倒四的吟哦著往下唱：

想欲郎君做翁婿，意愛在心內，
等待何時君來採，青春花當開。
聽見外頭有人來，開門共看覓，
月娘笑阮憨大呆，予風騙毋知。

看到後來，聽到後來，我不由得笑了，眼睛卻也溼了。只能偷偷的看望，不能多說什麼。

蘇媽媽不只是給我她菜地裡出產的蔬菜，有時候她還會給我魚。那是因為她回了一趟高雄。蘇媽媽在高雄還保有一間醫院給的退休公寓房子，有時候她會回去看看，高雄也有妹妹親人在。她回臺北時，會帶些魚貨回來。

她最常給我的是切片鹽醃的土魠魚。魚一路北上，已漸退冰，但用塑膠袋和層層報紙包著，肉質還相當好。蘇媽媽說這是最好，最有營養的魚，只要乾煎一下就好吃。配白飯，真香真好吃噢，要一口一口慢慢吃，她說。

我收下這麼寶貝的遠從我的家鄉帶來，又這麼慎重的交托給我的好魚，心下立刻就接收了她的話。用一點點油，把切片土魠魚煎得金黃噴香，配白飯吃，果真是無與倫比的海鮮美味。

日子慢慢過去，孩子一天天長大，我可以有時候帶著兒子搭乘社區的交通車出去走走、玩玩，在臺北各處探險了。有一回下山時，很難得的在車上碰到蘇媽媽，我們並肩同坐，隨著車行，聊起天來。蘇媽媽竟然講了些自己的事，從前的事。

她說她以前也是這樣抱著孩子跑來跑去，很多事都不是她決定的，不過決定了以後就是她要去做。我想蘇媽媽的意思是，事情決定了以後，就是她要去承擔。

她說慶黎也是這樣，什麼都自己決定，不會聽她的。沒法度，他們都是這樣，都是自己要怎樣就怎樣。

不敢相信，隨意的談話竟朝人生的深處移動。我繃緊自己，靜靜的聽，不敢隨意置一辭，生怕講錯了，講重了。然後蘇媽媽自己講了好重的話，她說：我是艱苦一世人，有采。

有采，不是浪費了、白費了的意思嗎？我臺語不好，我有沒有聽錯？我有沒有理解錯誤？

有采！你說是不是？蘇媽媽竟然問我。

不是，不是啦，我胡亂搖頭，不知道怎麼安慰她。我不能在三秒鐘內變成一個有智慧，能安慰人的人。不過人生的很多事，是沒辦法有什麼說法的。我自己，有時候會回到過去的某個時間點上，問自己為什麼那時候會那樣。因為在之前的一個時候，先怎麼樣了。那麼，之前的那一個時候，又是怎麼走過去的？這樣推敲、挖掘許久之後，還是只能順著時間之流走回來，走回到現在。

現在回想，蘇媽媽在車上跟我說那些話的時候，大約是在我兒子上幼兒園以前的那一年，一九八八年吧。而一九八八年，我後來知道，是蘇媽媽悄赴中國大陸的一年。那時候，蘇新早已去世，蘇媽媽蕭不纏娘家最聰明、幽默、熱情，最得家人熱愛的兄長蕭來福，在北京，因為不能夠接受自己勞苦奉獻一生所獲得的對待而致精神失常。蘇媽媽是去看他的嗎？看到了活著的，還是死了的兄長？這位兄長，影響了蕭不纏的一生。怎樣的一生啊！

有采。蘇媽媽說。

有采。那兩個字的後座力好強。當時，我在車上胡亂對應的時候，還不知道。但是蘇媽媽下車以後，我立刻就感覺到了。心裡很痛。往後的年月，想到了，都很痛。那兩個字的後座力一直沒有過去。

一九八七年，解嚴。兩岸逐漸可以開放探親。但是，對蘇媽媽來說，在亂世中不得不放開的手，永遠不能重握在一起了。她，被錯待了。她的人生，被錯置、打亂了，永遠不能導正、重來。

予風騙毋知。予風騙毋知。那風，是時代的風。

二

蘇媽媽悲哀的心境，蘇姊知不知道呢？她知道的。後來蘇姊曾用她那大剌剌的言語告訴我蘇媽媽覺得委屈，覺得她的一生不應該是這樣的，她也不能夠理解女兒選擇要走的路。

蘇姊呵呵一笑，大聲說完這幾句好像應該細聲細氣和淚說出的媽媽心曲，害我也不曉得該對她說什麼，好像也應該回她個呵呵一笑，像回應別的女兒抱怨媽媽愛碎碎念一樣。

可是呵呵一笑的蘇姊，其實滿懷內疚。很多年後我看見她在雜誌上致同志的一封公開信上，這樣寫道：

我的娘曾說過：「你的阿舅、爸爸，還有你都說要為無產階級的翻身而犧牲，現在無產階級還沒有翻身，所以你們還得繼續犧牲，這我不反對，只是我不但沒翻身，而且還被壓在最底層！」她老人家的委屈感，我一直覺得很內疚，所以我要勸各位，為公之餘，能有條件就盡量不要讓家裡的妻小太委屈了……

原來如此，原來如此。不過我猜，蘇姊那個人當著蘇媽媽的面，是說不出一句抱歉的，說不定還頂她的老娘幾句：你還好啦，你哪裡是在什麼最底層，比你苦的人多的是啦！

其實，從童年開始，給了蘇姊真正完整、溫暖的家的感覺的，應該是她三歲以後定居的姨媽、姨丈家。留日的醫師姨丈讓她看見家以外，世界是怎麼組成的。而姨媽，她有一籮筐姨媽的具體事情可以說。她不時提起小時候姨媽怎麼說話，怎麼行事，帶她去哪裡，看了怎樣的窮苦人，又如何明確的告訴她她的父親沒有錯，不是壞人。姨媽是讓她能在南部高雄的陽光下，海風裡，安穩成長，找到定位，甚至起錨出航的人。姨媽，其實是她的媽媽。

蘇媽媽，是她的母親，是想要把她拉離開父親的母親，是絕不要她接續父親的命運，走上父親老路的母親，是希望她不要思慮太多，能過上平順生活，一世無驚的母親。這個母親，對她不滿，不滿，不滿，因為太過擔憂，曾經從她手裡搶過她正在看的《安娜．卡列尼娜》，撕成兩半。

母女之間，半生恩仇。我想，蘇姊得要走到自己也有年紀了，才會懂得在母親的強勢底下，是硬要遮掩的脆弱，是難以消弭的憂懼，是不會表達的疼憐。

那麼，一生渴盼父親，追尋父親的蘇姊，知不知曉父親晚年最終的心境？當青春烈火燒盡，父親在接近艱苦長途的終點時，回顧過往，怎麼看自己的一生？

蘇姊慶黎沒有機會親身挨近父親，聆聽父親口述他的最終章。不過，解嚴開放以前，蘇姊有位非常親近，且信得過的朋友，因為有事，曾設法轉赴北京，也見到去日無多的蘇新老伯。他問蘇新有沒有什麼話要讓他帶回來給慶黎。蘇新說了這幾句給女兒的話：

早革命不如晚革命，晚革命不如不革命，不革命不如反革命。

話帶回來了。做女兒的聽完，哭了。

父親，和舅舅，都做了犧牲，但不是當初他們滿腔熱血奔赴革命時認為會做的那種犧牲。

蘇新，這位老臺共，在一九六六年文化大革命開始後遭迫害、審查，在一九六九年被開除黨籍，罪名是「變節」、「叛徒」。因為他坐了十二年日本人的牢而沒死，拿不到烈士的頭銜，就遭追究為什麼沒死，還被人以莫須有的理由打成變節的叛徒。於是，被日本人關過，被國民黨追殺過的蘇新，被共產黨嚴懲下放到河南的五七幹校勞動，至一九七四年才得回到北京。那時候他六十七歲了。

蘇新在幹校，負責種菜。據說他菜種得好，黃瓜、西紅柿……收穫不斷，能供應全連一百多人食用。

他默默的勞動、種菜，但是對於他受到的汙蔑，他是不服氣，也不願意吞下的。回到北京後，即努力爭取平反。一九七八年，得平反，並恢復黨籍。

又如何？寂寞京城，老病休。人生的後三十年，沒有說話、寫作的自由，只能沉默。他去世的前一年，一九八〇年冬，女兒慶黎的臺大同學，作家李黎，去北京看他時，他很高興，談了些話，關於自己，卻並不多說，應李黎問詢時，只說：這三十年，是我一生中最黯淡的日子。

在黯淡的日子裡，隔著山，隔著海，他曾和對岸的老妻，慶黎的媽媽一樣，在菜地裡忙活，摘下成熟的黃瓜……如果蘇媽媽蕭不纏的一生是冇采的話，他，蘇新的一生又如何？

做女兒的，哭了。可是，抹去眼淚後，眼前的路，要怎樣走下去？無人可詢的蘇姊慶黎，在解嚴那年，決定放下美國的學業，返回臺灣，重上政治牌桌。她和友人籌設工黨，出任建黨祕書

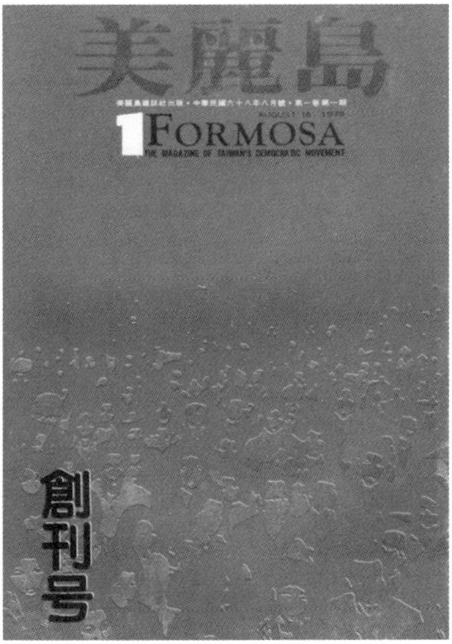

《美麗島》雜誌的封面與封底。一九七九年八月，《美麗島》雜誌創刊，至十一月，共推出四期，每一期的封面設計相同，都是在單一底色上顯現群眾集會的人潮，單純有力，訴求明確。第四期的封面底色原本是黑色，但社中有人認為黑色不吉，改色為宜，美編只好改成藍色。預定於十二月出刊的第五期已編好，但是未及送廠印刷，即爆發美麗島事件，雜誌社被查封。

長。

四十一歲，放下好不容易走上的進修研究之路，這是重大的，並不容易的決定。多年來，蘇姊的中心關懷一直是壓迫和反壓迫的現實與議題，主掌《夏潮》的時候，她就從歷史、文學、社會、環境、人權等各個面向，切入討論鄉土、人民、弱勢的過去、現在與未來。加入《美麗島》雜誌的筆陣以後，她在一九七九年八月推出的《美麗島》雜誌創刊第一期，以筆名一帆寫了一篇文章〈壓迫與反壓迫——論蘇慕沙家族的興亡〉，翔實討論當年七月，在尼加拉瓜獨裁統治半世紀的蘇慕沙政權垮臺的意義。兩個多月後，她又以編輯蘇逸凡之名，和勞工作家楊青矗一同在高雄策劃、主持了一場有三百多人參加的勞工座談會，主題是「如何促進當前工會功能」，出席的勞工代表和聽眾，以及大學教授、民意代表都有精闢、實際的發言。座談會的內容刊載於十一月推出的《美麗島》雜誌第四期，長達十八頁。

這一年的短短四、五個月內，她爆發了這麼強大的工作能量，可見她念念不忘的就是讓被壓迫的社會底層發聲，然後想要進一步針對問題，改善他們的處境。

在政治的光譜上，蘇姊被歸類為嚮往社會主義的統派，但她與一些埋首書齋，陶醉於夢想的統派不同，她不講空話，一直是親身投入勞工、農民、環境、婦女、原住民等社運戰役的戰士。多年戰役，傷痕滿身，積累了太多的經驗、困惑，也捫心自問，反省尋路。蘇姊一定自覺需要休息，需要冷靜的空間，需要思辯過後浮現的答案。

可是，一九八七年，她又回來投入戰役了。是因為，她在學院裡找不到答案嗎？是因為，她得要回應友伴同志的呼喚嗎？還是因為，她覺得必須趁自己尚有力氣，再為被壓迫者奮力一搏？

一九八七年，她回來籌設工黨。

一九八八年，工黨分裂。

一九八九年，她和朋友另外成立勞動黨，出任創黨祕書長。

一九九〇年，她辭卸勞動黨祕書長的職務。

三

她總是在忙著。所以我們雖然住得近，卻很少見面。八九年六四前後，常守在電視前面的我，又不時接獲蘇媽媽給的一堆剛採下的小黃瓜。在廚房清洗料理著，想到在電視裡看見，北京那時候也是小黃瓜盛產的季節，北京的老大娘也拿剛採下的小黃瓜給人，給奔跑呼喊的學生，讓他們食瓜解渴。感慨很深，竟然寫了一首不成詩的詩，寄給一家報社。

有天傍晚，陳忠信氣呼呼的回來，說在路上碰見蘇姊，談起北京天安門廣場上剛發生不久的流血事件，蘇姊竟然維護開槍的一邊，說應該是不得已的吧。陳忠信說那有什麼不得已，那是絕對不可以的，有槍桿子的絕對不可以開槍，沒有什麼不得已！你忘記我們遭遇的事了嗎？你忘記你爸爸追求的理想，你爸爸遭遇的事了嗎？你如果忘記了，就是墮落！

話說得很重，所以雙方在路邊上吵了一架，不歡而散。

廣場上的年輕人被北京政府定義為反革命分子。有權力者說，為了保衛他們在四十年前得到的革命的果實，他們決不讓步。

是為了權力，不惜流血！陳忠信氣憤不過，回家後秉筆直書，寫一篇文章叫〈鮮血是我們的教師——北京六四大屠殺的反思〉，刊於《新新聞》雜誌。

世界在沸騰。關於蘇姊在八七年到九〇年之間的那一連串從開啟到退出的黨務行動，我並不瞭解。我相信她自己也是在行動中思考著出路在哪裡。

出路在哪裡？雲深霧重，革命女兒的出路在哪裡？

在蘇姊奮力往前探索找路的時候，蘇媽媽老了。老的徵兆之一是她開始懷疑鄰居對她不懷好意，常窺伺偵察她進出行蹤，會趁她在菜園不防備，潛入家裡偷她的錢。她尤其懷疑樓上人家的一個小女孩，說她真壞，真可惡。

其實是蘇媽媽以前看那個單親家庭的小女孩放學後，常常一個人在家可憐，會讓小女孩過來玩玩，說說話，現在她的腦袋裡卻出現了這樣的陰暗疑雲。蘇姊說蘇媽媽疑心病重，會把錢東塞西藏，藏到自己都不記得了，就說有人來偷錢，結果蘇姊不時在冰箱、枕下等奇怪的地方發現零錢整票。

有一天，蘇媽媽分幾次拎著好幾大袋裝滿衣服的塑膠袋來按我家門鈴，忿忿的說是趁女兒不在，這些好衣服全部要送我，因為女兒不愛惜，竟叫她把好衣服送資源回收。我遵命收下，找機會問蘇姊怎麼回事。她說那些衣服都是多年來各家鄰居打包丟在垃圾桶邊，她媽媽去撿回家洗乾淨的收藏，實在太多了，她勸媽媽送去資源回收，媽媽生氣不肯。現在好，蘇姊很高興的說，既然都送給你了，就拜託你悄悄的送資源回收吧。

蘇姊又說她決定還是要出國念書，媽媽在這裡，好像愈來愈不安，老是懷疑鄰居打她主意，所以她想在出國之前把媽媽送回高雄，看是找人照顧，還是怎麼樣。那邊終是有親戚，媽媽以前的老同事也還有人在。臺北山上這住了多年的房子，要處理掉。還有，那一屋子書，不曉得該怎麼辦，朋友要，可以拿去，若沒有朋友要，就傷腦筋了。對了，蘇姊問我，你可不可以也幫忙想想辦法啊？

那時候應該是一九九一年，我正幫同臺大黃武雄老師等一夥鄰居朋友在整理布置新設立的一處社區中心桃李館，就約了郭譽孚等幾位朋友去蘇姊家挑書，自己想要的先拿走，接著我們就在書堆裡挑了大約兩、三百本比較適合社區中心的，文學、藝術、心理、社會方面的書籍，一摞摞用繩子捆牢，送過去。剩下的書，就由蘇姊自己處理了。

我們挑書、搬書的時候，蘇媽媽有些茫然的唸叨著走來走去，蘇姊在漸漸散形的書房裡整理資料雜物，抽屜打開，盒子打開，許多原先放在裡面的東西都移到檯面上來。我看見一疊大大小小的黑白照片散出一個紙袋，凌亂落在書桌上，忍不住問蘇姊，我可以看一下嗎？

蘇姊呵呵笑說好啊，你想看就看啊。

於是我撿了幾張散落在桌上的照片來看。一邊看，一邊我不由低叫驚呼哎喲，這張好！這是你嗎？哇，真漂亮啊！還有這張，這張太美了！真想要一張做紀念啊！因為你們要搬走了……

不料蘇姊說好啊，你喜歡就隨便拿幾張走。真的可以嗎？這麼漂亮的照片，我是真的會拿噢。我說。

蘇姊哈哈大笑說，漂亮什麼啊，你拿嘛，不然這些八輩子以前的照片，我也是塞在抽屜裡頭，沒功夫去看的。

蘇姊對別人夢寐以求的漂亮這種東西好像總有點嗤之以鼻的。我說那我就拿剛好被我看見的這幾張。她忙著整理重要的資料，懶得再理我，連看也不來看一眼，卻想到遞給我一只舊信封，讓我裝照片。我也不好意思細細揀選，就信手拿了剛巧落入我眼裡的幾張，放進信封。

不過，我下手是隨機，這幾張照片卻剛好串連起來，讓我看見了我認識她以前的那個蘇姊。

我看見，那個漸漸要讓母親操心的小女孩，聰明，倔強，又長得好，這會把她帶到

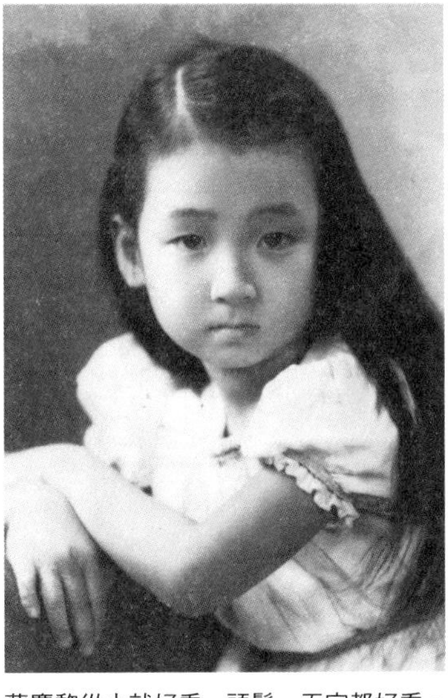

蘇慶黎從小就好看，頭髮、五官都好看，好看之外，還有股倔強之氣，是個會向世界挑戰的孩子，是個讓人心疼又得意的孩子。

哪條路上去呢？

我看見，那個讓父親記掛、驕傲的小女孩，在學芭蕾，學鋼琴的小女孩。一九五六年，蘇新在北京的中央人民廣播電臺籌建對臺灣廣播部，一個雪夜，一位同事去他的單身宿舍看他，兩人相對抽菸，飲酒，蘇新忽放下酒杯，拿出一張小女孩的照片給他看。小女孩穿芭蕾舞衣，像模像樣擺出舞姿。蘇新告訴同事，那是輾轉寄來的女兒的照片。

看了又看的父親一定心疼又得意的想：長得好呀，而且看得出來是有主意的小孩。

然後女孩長大，頭髮齊耳剪短。那是她的初中年代。雖有笑意，但拍照時眼睛不一定看鏡頭。她愈發有主意了。

而那張照片裡穿著一襲深色旗袍的蘇媽媽，高貴，典雅，那細緻的五官，大約二十年後，我認識她的時候，還在，但我見到的她，多半總在菜園或廚房裡忙活，真的沒見過她穿得如此端整、雅致。照片裡，四十初度的蘇媽媽，散發出女性的韻味，那美，是會讓人迎面看見時，停下腳步，回頭去看的。細端詳，母女合拍那張照片，是不是因為過年，還是家裡有什麼喜慶？

還有一張臉頰緊繃，不帶笑意的大頭照，是從什麼證件上剪下來的，上面打著臺灣省立高雄女子中學的梅花鋼印。這是看《安娜．卡列尼娜》的那個時期。母親撕了那本

媽媽在盛年，女兒長大了，母女之間有不斷的角力，永遠的牽繫。

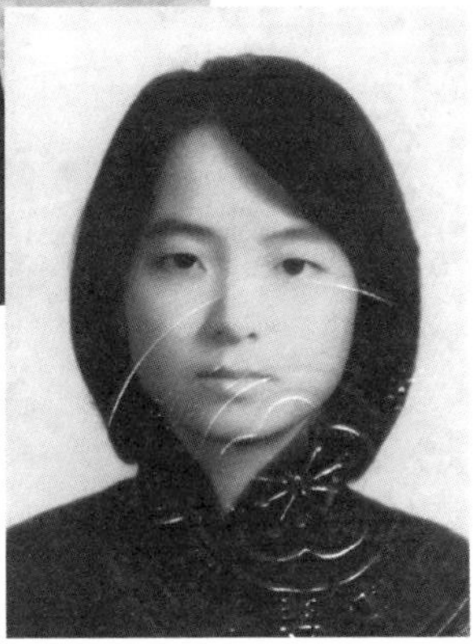

少女蘇慶黎上高中了。她的成長階段沒有父親，她幾乎一生都沒有親眼見過父親，但她始終努力追尋父親。

舊俄小說又如何？她還會去找來看的，還另外看了更多母親不希望她接觸的文學、社會、思想書。

這個不馴的，多思善感的女孩，大學考上東海歷史系，但她無法接受保守、傳統的記誦式歷史教育，於是離開東海，第二年，一九六五年，重考上了臺大哲學系。

從這時候開始，她的世界就打開了，校內的教室，社團，讀書會，校外的天主教宿舍，後來逐漸匯合的黨外社群……在在指引她思索，她開始具體關切很多問題。

德國文化中心在一九六八年印發給蘇慶黎的一張卡片，貼了她當時的照

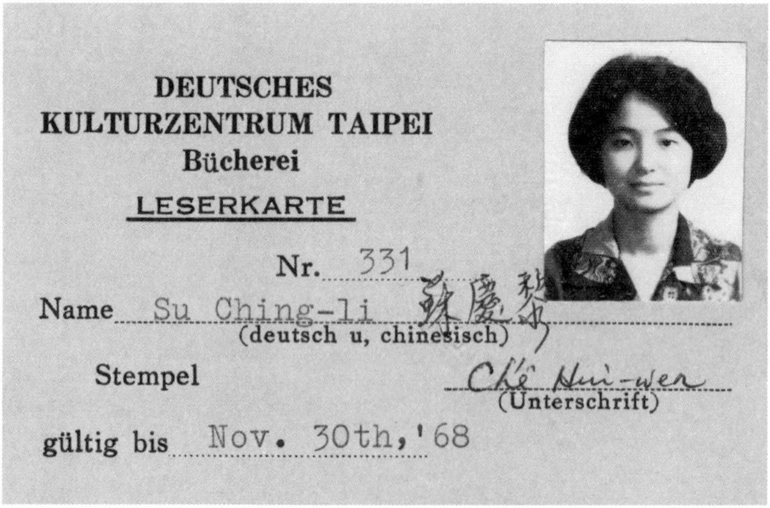
DEUTSCHES
KULTURZENTRUM TAIPEI
Bücherei
LESERKARTE
Nr. 331
Name Su Ching-li 蘇慶黎
(deutsch u, chinesisch)
Stempel
Chê Hui-wen
(Unterschrift)
gültig bis Nov. 30th,'68

二十初度的蘇慶黎，世界在她面前展開，她已經會用自己的眼睛看世界。

片，眉眼開朗，輕鬆含笑，顯見得她已經脫離母親的羽翼，在自己的天空飛翔了。

她結識了後來的先生鄭泰安，還有各式各樣，各門各派，國內國外的朋友。她的朋友會跟她吵架，會在背後、當面罵她，因為知道她心胸開闊，擔得起。我認識她的時候，聽很多人在背後叫她蘇婆子，不曉得為什麼。但我曉得他們這樣喊她，是一點惡意也沒有的。他們都愛她的誠懇、熱情、真誠、無私。

有張照片，她戴墨鏡站在臺大校門外，美如一樹新花，這是大家喜歡的蘇婆子慶黎。很多人記得的她，應該就是這樣子的她，步出臺大校門，穿梭社會各界，關懷底層弱勢，認識我以後，也關心我，幫助我。現在，她又想再回校園去了。

有一天我碰見筆名南方朔的王杏慶，他是

蘇慶黎在臺大念的是哲學系，但她關心的是學校圍牆外的世界。然而離開學校，滿世界闖蕩後，她卻幾度想回到校園。

蘇姊臺大不同系的同學，與蘇姊交情很深。我聊天講到蘇姊要賣了臺北的房子，再度出國念書的事。他當即發表評論曰：什、什、什麼什麼？你知道嗎？這個蘇婆子，是敗家女，是不孝女！這個時候，她，她，她去念什麼書！要拿學位嗎？拿學位做什麼？我請問你好不好，這有什麼意義？亂搞！

出國念書，茲事體大，需要時間、體力和錢。我其實也不覺得四十六歲的蘇姊，在這時候彷彿破釜沉舟般的出國念書，會有光明前景的機率很大。可是也佩服她能猛下決斷，勇往直前。

心內彈琵琶

——回憶蘇慶黎和蘇媽媽蕭不纏 之三

一

神思有點茫茫然的蘇媽媽回高雄去了。第二年，一九九二年的舊曆年過年期間，我和陳忠信照例帶著兒子由彰化老家回我高雄家。這趟在高雄，我們三人一起去看蘇媽媽。

蘇媽媽住在醫院退休宿舍的一戶公寓裡。我們帶了點吃食伴手，登樓進了蘇媽媽家，看見蘇媽媽家沒什麼過年的喜慶感覺，從臺北運回來的衣物家當，好像還沒有完全收好落位。

蘇媽媽看我們去，也沒什麼喜色，還有點慌亂，喃喃在屋裡走來走去，像要找什麼東西。陳忠信大聲說蘇媽媽，是阿谿啊，我們帶阿谿來看你啊！記否？你幫忙做月內的那個阿谿啊！

好像想起來了一點，蘇媽媽嗯，嗯的應聲點頭，但是其他也沒有什麼話了。

我們東拉西扯的說了幾句高雄天氣好，有太陽啊，要保重，要休息啊之類的話，就告辭下樓。那是我們最後一次看見蘇媽媽。

那段日子，蘇姊很忙，臺北和高雄兩邊家裡都有很多事情待辦。我在她賣掉臺北房子，自己也就要走的那兩天，經過她家外面時，剛巧看見蘇姊拉開落地紗窗，走到露臺上，便彎進去看她。我們一起站在露臺上，看看薄暮籠罩著的象鼻山，蘇姊說整理得差不多了，陽臺的花草帶不走，留給新的屋主照顧。

那樣啊，我漫應著，伸手摸摸一只藍色小陶盆裡一叢韭蘭的粉紅色花瓣。花不知道要易主了，開得天真爛漫。蘇姊說你喜歡，這盆不重，你就抱回去。

我是喜歡，這粉紅色的韭蘭，好像開在記憶中的什麼地方，應該是小時候誰家院子裡的小徑邊上。於是我抱著那盆韭蘭，感覺到一個時代彷彿要結束了的那種惆悵，離開蘇姊家。

不過還有餘波。過些日子，一天我出門，看見外面垃圾桶邊歪歪倒倒有一架眼熟的竹書架，不是蘇姊書房裡的竹書架嗎？扶起來看，立得好好的，一點沒壞，新的屋主卻不要它了。我立刻生出一股力氣，伸雙手，扛抱起竹書架老朋友，帶它回家，擦乾淨安放好。

蘇姊又去了賓漢頓的紐約州立大學。這是很多學子夢寐以求的好學校。然而，她身體出狀況了。狀況不明，狀況棘手，她不得不四處求醫，美國，臺灣，北京。終於發現是胸腺癌，動手術治療後有起色，蘇姊因此不覺得她會不治，直到後來併發了重症肌無力，再後來，二〇〇四年病況忽急轉直下，在北京的病院過世前，她都認為她沒事的。有弟弟蘇宏陪著，但她沒特別交代什麼。

蘇姊走前，幸好蘇媽媽先走了。一九九八年，蘇姊在北京要開刀動手術以前，打電話給在臺灣的老姊妹、老戰友陳菊，她說要是手術不成功她先走的話，請陳菊照顧人在高雄的蘇媽媽。

不乖、重病的女兒，在鬼門關前回首顧盼的是媽媽，是從襁褓開始，領著她倉皇過海，亡命天涯，此後極力想要扭轉她的命運，給她安穩人生，卻拗不過似乎已經寫好在書冊裡的天命的媽媽。媽媽這時病弱失神放手了，女兒則是病弱清醒放不下，想要伸手過海，握住媽媽。

往日曾與姊妹淘慶黎一起度過許多艱辛，能夠共享許多回憶的陳菊，在電話裡極力安慰她，要她安心，說一定會努力克服困難去看她。

蘇姊度過了九八年那一關，但○四年就不行了。不過幸好她是走在蘇媽媽的後頭。我沒有看到她們最後的日子，但是依稀看見她們轉身離去前的身影。

二

因為病痛，曾經全世界到處奔波的蘇姊，拋下未竟的學業，如同一隻瘦弱的孤鶴，靜靜回到我們山上的老社區，租了房子住下。二〇〇〇年左右吧，我在社區的路上遇見她，她瘦了好多，但還是有容光，聲音也還有力。問起蘇媽媽，她說蘇媽媽已經過世了。最後的一段日子，蘇媽媽住進她從前擔任護士長的醫院，在醫院附設的安養院度過。

住進安養院的老人好像都曾有過輝煌人生，個個名號響亮，蘇姊說照顧老人的護士都喊他們某某處長、經理、理事長、董事長、祕書長、校長、院長……而蘇媽媽，當然也恢復她護士長的身分，以及工作。她和大家一樣，大部分事情都忘了，連女兒也不記得了，但她記得她最明亮的符記，她是大家敬重的護士長。每天早上，她把自己打理好，就一間一間去巡房，看看病人的情況。正在工作的護士看見她來了，都尊敬的喊護士長來了。

護士長蕭不纏來了，白衣烏髮，身型挺拔，笑意微現，由長廊的那頭走來了。是一朵行走的白蓮花，年華正盛，漂亮中帶著帥氣，帶著專業的俐落與威嚴，讓人一看見會有點害怕，但還是覺得安心，覺得聽她的話就一定沒事。

這時候，是誰，為她拍了張照，在長廊的陽光裡。這張只有我中指寬，小指長的醫院小照，夾在蘇姊的那一袋老照片裡，在她們搬家

蘇媽媽蕭不纏一生辛苦，與丈夫蘇新在一起只有三年，育女蘇慶黎始終擔驚受怕不好過，但她是臺灣省立高雄醫院（即現在的高雄市立民生醫院）的資深護士長，認真工作的職業婦女，以其專業能力，得人敬重。她的一生，不是只有悲情。

前散落桌上，讓我捻起來，帶回家，一看再看，放不下。

蕭不纏。不纏，臺語就是無愛啦，不要了的意思，女嬰兒被取了這個名字，是做父母的希望生了這個女娃之後，不要再生女孩，快生男孩的意思。另外，也是希望這個女娃好養不纏人，早早嫁出去吧。好悲哀的名字。蕭不纏，上有兩個哥哥，下有一個妹妹，一個弟弟，妹妹叫做明玉，一生順遂。

蕭不纏，一生不順遂，她自己說是冇采。可是看到這張照片，我覺得我心裡頭她晚年迷惑失神的影像漸漸淡化，彷彿一錘定音，她波折人生的主旋律由照片中悠悠揚起。她，尊嚴行過這一世，夫妻緣薄，是的，母女不親熱，是的，但她在大部分女性以家庭為主戰場的時代，是在職場奮鬥數十年的專業女性，她有心有能力救人危難，給人安慰。年輕笨拙的我和陳忠信得過她的扶助、照顧，罹癌病弱的唐文標晚年也常去她家裡，請她幫忙施打補充營養的點滴針劑……她的一生，不是只有悲情。

蕭不纏，蘇媽媽，晚年恍神，度過幽谷，走完她白衣觀音的一生。

再看看她。她在這張照片裡，跟世界道好打招呼，也跟經過她前後的人，包括我，道別。

蘇姊慶黎，回到臺北後，仍然關心臺灣、中國與世界，養病中，但還是不時與朋友相談，憂心走向資本主義的中國，憂心社會底層的勞工與農民，憂心政治局勢會怎麼發展，而且她還想做研究，寫文章……人家叫她多休息，她說不要緊，死了以後就都在休息了。偶爾我會在上下山的公車上遇見她，她愈來愈瘦了，講講話會咳，但眼睛還是清亮有神，笑起來還是毫無保留，整個為你綻放。

想起她以前圓潤好看的樣子，想起她曾經豐腴稍胖的樣子，我覺得很不忍，但不曉得能為她做什麼。陳忠信說有一次還在社區的商店看見她買菸，當即罵她怎麼可以這麼胡來不顧身體！她像被老師抓到做壞事的小孩一樣呵呵笑著求饒說：只是一根啦，偶爾一下啦，不會怎樣的啦，那麼凶幹什麼？

唉，真是拿她沒辦法，真是不曉得能為她做什麼。

我們共同的好友湯鳳娥從美國回來了，特別上山來，約了我去看蘇姊。

蘇姊的新居所在一棟電梯大樓，好幾位熟朋友都住在這裡，有事很方便招呼。她笑呵呵的來開了門，引我們進屋。

屋裡陳設簡單，家具不多。伴隨著這一眼的印象，我立即感覺到還有一種特殊的小生物氣息，還沒有發問，就看見客廳牆邊立著一隻白底黑花的貓兒。啊貓咪，我叫，蘇姊你什麼時候養貓了？

蘇姊笑說，你知道我們社區有一位貓天使林小姐嗎？我散步的時候碰見她在餵貓，跟她聊了起來。我說我也喜歡貓，但是以前居無定所，現在身體不好，都養不成貓。林小姐說沒問題的，我可以幫她養一隻溫馴的成貓，她可以幫我來顧，貓砂、飼料這些東西，她隨時幫我補充，送來。貓如果需要看病、打針什麼的，她也會開車來帶牠去。我不用費太大力氣，相反的，她說我一定會覺得很放鬆，很開心。所以，吉祥就來了。吉祥，來，叫阿姨～

吉祥很靈，一聽叫牠了，就嬌滴滴的豎著尾巴裊裊娜娜沿牆走過來，一雙碧清碧清的綠眼睛可以把人淹沒。我想伸手摸摸牠，牠很尊貴的輕盈一閃身，不讓我碰牠一根毛，又豎著尾巴很尊貴的慢騰騰沿牆轉往臥室。不識相的我也想跟進臥室，又有點不好意思。蘇姊笑道，好啊，你去嘛。

蘇姊帶我進臥室，我看見她的床上鋪著好美麗的落地米白繡花抽紗大床罩，床罩底下近床尾處有一塊不平隆起。蘇姊在不平隆起處的旁邊坐下，那一塊隆起就緩緩鼓動起來，朝蘇姊挨靠過去。我驚訝的輕喊，貓在底下！牠怎麼進去的？牠不覺得悶氣嗎？

蘇姊一面隔著米白床罩撫摸著貓咪吉祥，一面說，牠就是會進去啊，牠不覺得悶啊。天冷的時候，牠會鑽進去睡半天，動也不動。晚上牠也這樣陪我睡。哪，你看！

蘇姊說著話，溫柔的揭開床罩，把捲成一個圓球的吉祥抱下地，又鋪平床罩。她的手剛離開床罩，吉祥就鑽進床罩落地裙幅，在裡面輕輕一跳，上了床，又隔著床罩緊挨蘇姊躺下窩著。

這手功夫真不是蓋的！我喝起采來。然後蘇姊就講了一段我從來沒有料到她這個人在這一輩子會講的話：

你知道嗎？我在想，我要是早些年就養了這隻貓，大概我的人生都會不一樣了。因為這隻貓竟然會這個樣子的愛我，這樣千嬌百媚的愛我，這樣萬般撒嬌的愛我，使我不得不憐惜牠，不得不回應牠。你知道嗎？我太驚訝了，我從來沒有看見過這樣的愛，沒有被這樣愛過。我也從來沒有這樣愛過。牠讓我知道、感受到世界上有這樣毫不保留的愛。比起牠來，我簡直不像個女人。所以我說，要是早些年就養了這隻貓，我早點懂的話，我的人生很可能會完全不一樣。

我訝異得說不出話，愣住了。她喊師母的老友湯鳳娥大概也沒想到革命女將會說出這樣一番纏綿悱惻的話，也愣住了。蘇姊看著我們，爆出一貫的哈哈大笑，又說，我是說真的喲！

三

隔年蘇姊的身體狀況愈來愈差，最後她飛到北京就醫。這裡的朋友曾打電話去問候她，聽說她的聲音非常虛弱，也沒講什麼特別的話，她只是牽記著她的貓，想好起來回家看她的貓。

蘇姊過世後，貓咪吉祥回到貓天使林小姐身邊，和其他二、三十隻貓生活在一起，有時候我看到牠在屋外走走，曬太陽。吉祥不知道牠給過蘇姊多麼珍貴的東西。吉祥不知道蘇姊在人生的最終段與牠一起共度的，是這坎坷女子此生少有的平和美好，享受愛，擁抱愛的日子。

當我想起蘇姊，我不想想起她活著時最後憔悴的模樣，我不想想起紀念影片裡，她死了穿著綠色袍服，躺在棺木裡的瘦損容顏。雖然她不把漂亮當回事，有時候我還覺得她簡直是自己在動手折損她天賦的容貌，東奔西走，日夜顛倒，又抽那麼多菸，但是想到她的時候，我還是喜歡把時光拉回到初識那一端，在那一端，她好漂亮。

在那一端，她好漂亮，大家都好年輕，青春無懼，摩拳擦掌，相互聯手，要與強權鬥上一鬥。在那一端，豐頰圓額，眉眼精神的蘇姊望著我說我沒有很多時間了，我要走了，你不要怕，不會有事的。我點頭說好，心裡不太相信的點頭說好。因為，她都快要被抓起來了，怎麼不會有事！然而我不能跟一個快要被抓起來的人爭辯，只能點頭說好。

可是我一說了好，就啟動了某一個開關，心裡面湧出力氣，推我上前迎戰。我因此沒有倒下去。

想到蘇姊的時候，我喜歡想到那個時候的她，豐頰圓額，眉眼精神，笑靨如花。

蘇姊，和蘇媽媽，都離世好多年了。被政治大力蹂躪、傷害，走過長遠風雨路的這對母女，遷離山居，遷至彼世以後，我常常隔著斜坡，望向她們的舊居。斜坡上，風吹送過來的花草種子展演新的光景，新搬來的鄰居種下新的竹木蔬果。

我也經常看著北窗外線條平緩的象鼻山，看著象身上的相思樹、油桐樹、酸藤隨季節開出黃的、白的、粉紅的花，這樣竟看出了味道。

有什麼比大象一般靜靜的山、安穩的山，更讓人感受到祥和的巨力，慈馨的祝福？

望著遠山近樹，望著陽臺花草，我悄悄檢視記憶中的人與事。我也想起那個年輕的我，離開南部的母盆，把枝條延展到北部，迎風面雨，掙扎前進，工作學習，生養孩子，買屋安家，落地生根。是的，真走了好一段風光殊異，滋味自知的長路。

側耳傾聽，好像聽見坡上菜地裡傳來斷續歌聲：

……清風對面吹……心內彈琵琶……青春花當開……予風騙毋知……

曾經與我一起望著象鼻山的蘇媽媽，和蘇姊，現在，你們好嗎？

狡兔有三窟

曾經有人用「狡兔三窟」來形容我家先生陳忠信厲害狡猾。因為我是我家先生的太太，所以這備有三窟的狡兔大概也影射了我。我們是擁有三窟的狡兔夫妻。

在一九七九年十二月十三日天亮以後，我們得到這樣的稱號。

是日，天未明，臺北半山腰的住處忽然電話鈴聲大作，我慌忙爬起，踩過冰冷的地板，跑到客廳去接。電話那頭是我大學的室友文庭澍。她在臺中，她打的是戶外的公共電話，她的聲音急促，她說：唐～燕，怎麼辦？你現在要怎麼辦？剛才我們家來人了，好多人，是來找陳忠信的。他當然不在這裡啊，他們查看一下走了，我就趕快跑出來打給你。你們那裡沒有人去嗎？怎麼辦？你們怎麼辦？要出事了！

十二月天的寒氣襲人，我開始發抖，不知跟庭澍回說些什麼後，慌張掛了電話。是出事了，出大事了，地球已開始逆轉。

我才回房間跟陳忠信說了庭澍傳來的訊息，大門外就響起拍門、叫門聲。我們這裡已經有人來了。天亮後，陳忠信即被來人帶走，走後四年，才得返家。那時候，因為房東收回屋子，他回到的是只在信裡看我描述過的，同社區另一所租屋。

陳忠信被帶走以後，我走出家門，看見陽光下的世界不一樣了，我們已被明確劃為政治不正確的另類。針對美麗島人，報章雜誌電視口徑一致，發動立體總攻擊。報紙介紹一般人不認識的，總編《美麗島》雜誌編務的陳忠信時，大概很難找到他的負面消息，於是別出心裁給他安上「狡兔三窟」的狡詐形象，說他行蹤複雜，來往不定，落腳點多，很難追蹤，又說大逮捕當日，警總等調查單位的三組幹員很費了番功夫，才終於在他的三窟之一，臺北山區住所，收網抓到人。

怎麼會有三窟？連我這當事人都想了想才明白。

臺北租屋是一窟。

彰化老家又是一窟，收網那日，有一組人也在大清早吵醒家裡老大人，排門直入，呼喝搜索。

那第三窟呢？原來所謂第三窟，是指我那清早報訊示警的大學室友文庭澍和她先生林載爵在臺中住的房子。先我結婚，又剛生下女兒的庭澍原居臺北，那年因為載爵工作的關係得遷居臺中，正巧我和陳忠信要由臺中搬到臺北，於是他們便承接我們臺中房子未到期的租約，在我們搬至臺北後，舉家搬到我們臺中的舊居。

年輕的時候，工作、學業、生活，都沒有安定下來，變數很多，常常牽一髮要動全局，就得拖著行李跑，大家真的都可以說是「行蹤複雜，來往不定，落腳點多，很難追蹤」吧？不過，調查單位對於跟監多時的我們，應該掌握得很清楚，不會有什麼很難追蹤的問題。大逮捕當日，收網在即，他們當然也知道人在哪裡，該到哪裡抓人，為什麼無端要去臺中老友家搜索？是為了點滴不漏，不能有萬一，不惜威嚇擾民？

或許，劇本已經寫好，陳忠信的角色設定也已完成，他的定裝照底下如是寫道：該嫌生性狡詐，行動滑溜，撲朔迷離，如同狡兔……

我們搬離多時的臺中舊居，那處有小小兩層樓的舊式排屋，當然就被編派為狡兔三窟之一。

為了按照劇本走過場，那一天，一群調查人員天沒亮就去敲門叫醒我的老室友夫婦。庭澍下樓一開門，電影裡才會有的大燈強光轟一下朝她直射過來，她轉頭避光時，白亮強光裡傳來喊話：唐老師住在這裡嗎？

唐老師，是指我，我住在這屋子裡的時候，是一所私立中學的老師。但是我早就不住在這裡了，庭澍就這樣回答他們。

等那群人洪水過境，沖刷一遍，退場之後，庭澍把受驚大哭的女兒丟給先生照顧，跌跌撞撞出奔到路邊打公共電話給我，應當也躲不過天羅地網的監視與監聽。我們電話收線不到五分鐘，真正要抓人的一組人馬就在臺北行動了。

狡兔落網，一舉成擒。

陳忠信被帶到景美的軍法處，兩個多月後，他被移送至土城的看守所，後又轉送到桃園的龜山監獄服刑。現在，狡兔擁有的空間只是一間和難友共有的小小囚房。

囚房裡的歲月，我們往來通信，但他幾乎不說監獄裡的生活，也不像一些獄友偶會講講在鐵窗裡看見鳥飛過帶來小草種籽，種籽竟在鐵窗細縫萌生翠綠小芽，開出精緻小花，讓人感受到生機與希望之類如果我被關在監獄裡多半就會寫的事情。

小鳥歸小鳥，小草歸小草，小花歸小花，他歸他，運動，看書，寫信，想想事情。這樣，過了四年。

陳忠信出獄後，我們拼拼湊湊又開始過兩個人的日子，兒子出生後，是三個人的日子，而因為庇護我們的租屋在租約到期後不能再續租，我們就動員兩人所有的力量，買下同社區的另一處老公寓，此後一直住到今天，沒有再搬家。我的家當，我的記憶，我的心，都收容在這個屋子裡。

白天，我在這個屋子裡走來走去，帶孩子，做各種家事，或休閒發呆看書，夜晚，遠遠近近的燈火亮起時，或許我會想起屬於我們的狡兔三窟的故事，但更常投注心思的是現在此刻關懷的、牽掛的、煩惱的種種事情……

生活在繼續，我們也老了一點，距離一九七九年十二月的那個冬日，似乎很遠了，但有時候，又覺得一切彷如昨日。走過的路，落腳過的地方，是不會忘記的。

附記

筆名吳鳴的政大歷史系彭明輝教授是我們近年認識的東海學弟，他告訴我們一九七九年初陳忠信搬離東海墓園租屋後，他續租那屋，美麗島大逮捕當天一早，忽有五位情治人員現身屋前，對他喝令「陳忠信，不許動，手抱住頭！」，後檢視其學生證，證明他不是陳忠信後方離開。由這段我們後來才知道的事，更體會當年羅網之密。

兒子，你要不要去日本？

最近我家先生撫今追昔，檢看歷史，為文感慨說一個人、一個組織、一個時代……如果失去了自信、活力與氣力，危機就來了。

接他的話，我也撫今追昔說說看，或可與他的觀點互證。

先生陳忠信在黨外時期即參與民主運動，又從一九九一年開始在民進黨中央黨部工作，擔任過的職務有政策研究中心主任、中國事務委員會執行長、選舉對策委員會執行長、民調中心主任、政策委員會執行長、中國事務部主任、黨副祕書長等等。我舉出這些，並不是要說他有多厲害。

上述的職務，他往往是同時兼任的，以至於我曾經譏評：你們都找不到別人去做這些事啊？會不會你哪一天也去兼任青年部的主任和婦女部的主任啊？

先生好像沒聽出我的諷刺，認為我很幽默，還高興接招說：婦女部，我比較不適合，青年部倒還可以吧？

一人身兼多職，當然是有些能耐和條件，但我仍然並不是要說他有多厲害。回顧那個新政黨萌芽的時空，黨務工作並非大家搶著要做的工作，薪水不夠看不說，經常很忙得加班，在個人的生涯發展上也要打個問號，因此多少要有點理想才行！先生有無窮的理想，又特能吃苦耐勞，辦公室發不出薪水的時候，他更加辛苦工作，還曾開車陪同財務部門的同事出門借錢，借到後就幫忙抱著大包熱烘烘的錢趕回辦公室，大家才有薪水領。因此，那時候，有一個人，能力足以兼很多職，做很多事，又只要給他少少一份薪水，對財務困窘的辦公室來說，怎麼算都是划算的。

苦哈哈，傻兮兮，熱情不減。那時候擠在小小辦公室裡先生的同事們，大概都有這樣的特質吧。有一次先生跟老友南方朔聊天，南方朔望望他，手大力一揮說：老陳，以後啊，你們辦公室如果看過去滿滿都是俊男美女，那你們就執政有望了。他又舉出兩大報社為例說：真的，你去看人家的辦公室，男的一個比一個帥，女的一個比一個漂亮，你就要想為什麼俊男美女都、都集中到那裡去了……

在旁聆聽高論的我這時蠻失禮的插話說：可是，你不也在那裡上過班？

他不以為忤，微微笑著，很得意的說：欸，我絕對是那裡的少數，少之又少的少數。其他那些人，都又高，又漂亮噢，真的，我不騙你。

然後他繼續說：為什麼俊男美女都去那裡？薪水高啊，有前途啊，以後有發展啊！所以他們要是擠破了頭也要來你們辦公室，就表示你們有前景，快要執政了。呵呵。

雖然我虧了南方朔兩句，但他講的那件事——以俊男美女為執政標竿，倒就此放在心裡。那是什麼花開蝶來的效應嗎？姑且聽之。

然後，過兩年，先生的辦公室雖然還是苦哈哈的，時有發不出薪水的危險，但是大美女來了，大才子也來了。我說的是蕭美琴和楊照。楊照來擔任國際事務部的主任，蕭美琴是副主任，楊照去職後，蕭美琴升任為主任，且在此任上好多年。漸漸我又注意到，咦，黨部辦公室裡的年輕人很多都蠻正的。蝴蝶、蜜蜂來了嗎？離執政不遠了嗎？

很難相信，一笑與先生、兒子繼續過我們一塊錢都要數算的尋常日子。有一年夏天，我帶剛上小學的兒子參加先生辦公室的員工旅遊去澎湖，先生照例不能參加，要工作！沒有時間旅遊！你們去就好！

我們玩得很開心，海、天、島嶼是無窮的盛宴，同行的年輕人又都很細心，很照顧婦孺長者。一天大家在海邊聊天，一位美國回來的年輕黨工吉米望著大海，說起他小時候的故事……

吉米的爸爸是政治犯，出獄回家後，他每天在忙些什麼，吉米完全搞不清楚。有天小學放學後，爸爸出現在校門口，來接吉米回家。爸爸說吉米，你要不要去日本？

吉米聽了好高興，說好啊，我要去！

爸爸說，那我們明天就去。

明天啊？那我要帶什麼去？阿公阿嬤也要去嗎？吉米問。

爸爸說，日本什麼都有，所以你什麼都不用帶，衣服、內褲都不用帶，到那裡再買就好了。

爸爸又說，阿公阿嬤不去，只有我們兩個去，這是我們兩個的祕密，你不要跟別人說，回到家也跟誰都不要說，明天你放學，我就來接你去日本，等我們到了日本再跟阿公阿嬤、老師同學他們說，給大家一個驚喜。

雖然不懂為什麼要給大家這樣的驚喜，但吉米還是答應爸爸說好。要去日本！他太高興了啦！他太驚喜了啦！他也喜歡跟爸爸兩個人有一個共同的祕密。

到了第二天，吉米放學的時候，果真爸爸來接他了。吉米揹著書包，跟爸爸去到車站，坐上大客運車，搖晃著上路了。

爸爸說這一切都是祕密，叫吉米不要多問，跟著他就對了。吉米忍著沒有多問，一路搖晃著，不覺睡著。醒來天黑，吉米跟著爸爸下車，吃了飯，又轉來轉去走了些路，見到一些人，然後，來到海邊，他們上了一條船。船不怎麼大。開船的人一句話也不說。

這時候，勇敢的吉米忍不住問了：爸爸，我們不是要去日本嗎？

爸爸說對，我們就是要去日本。

那我們怎麼坐船？我們不坐飛機去日本嗎？吉米問。

爸爸說對，我們不坐飛機，我們坐船去。

吉米有點害怕，也有點想回家了，但他忍著不說。船在大海中間不知開了多久，然後停下來，放下一條小船在海裡，開船的人粗手粗腳抓著抱著把爸爸和吉米放上小船，接著竟然揮揮手，丟下小船，就、這麼、開走不見了！黑漆漆的無邊大海裡，光剩吉米和爸爸和他們屁股底下搖搖晃晃不太牢靠的那條小船。

吉米害怕極了，要哭出來了。爸爸拿起一支槳划起來說前面就是日本，你坐穩，不要怕，我們很快就會到了。

划了好久，都沒有到。吉米好冷。日本到底在哪裡啊？

忽然，吉米覺得腳底下溼溼的。船進水了！我們要沉船了！吉米大喊。

爸爸連忙放下槳，抓起一個小臉盆，咒罵著手忙腳亂舀水倒到海裡。吉米一面哭，一面幫著用雙手掬水倒到海裡。但是淹進來的水比舀出去的水多，吉米不會游泳，他覺得爸爸那麼胡來亂搞，一定也不會游泳，他們大概要死了！

這時候，老天垂憐，一陣強光照來，照得他們睜不開眼睛。然後強光那邊有人大聲對他們喊話，吉米一句也聽不懂。爸爸說那是日本話。

講日本話的日本人開著看起來很牢靠的大船過來，把吉米和爸爸都接上大船，大船穩穩開了一陣，不久就進港靠岸。爸爸跟吉米說，你看，我們到日本了。

救起他們的是日本的海岸巡防隊，他們到的日本是沖繩南邊一個小島。在那裡，吉米爸爸要求政治庇護。他們在那小島住了好一陣子，後來輾轉到了美國。吉米在美國長大。他一直聽爸爸大罵害他坐政治牢的國民黨，他一直記得爸爸帶他坐船去日本，差點死掉的事，他一直想回臺灣看看。當年，他衣服、內褲都沒有帶，原來只是想跟爸爸去日本玩幾天就要回臺灣的。

在澎湖海邊，大家聽了吉米的歷險故事都笑，我也笑。不過如果，先生這樣帶兒子去日本，我不會原諒他。奇怪的是，吉米講起爸爸的時候，常常很溫柔的拖長聲音說

「阮爸～」如何如何，我感覺到他似乎是帶著理解和憐愛的，把那個衝撞冒失的爸爸整個好好的安置在他的內心裡面。

吉米的事情，我知道的不多。我知道的是，長大的吉米回臺灣了，坐著飛機回來。長大的吉米，高大健壯，開朗健談，對人非常有禮貌，但他身上隱隱有股江湖剽悍之氣。原來，他是在海上亡命過的。

美人、才子、亡命者，先後來到先生的辦公室，自信、活力與氣力，都很充盈。或許，那正預示著新時代即將到來。

附記

吉米小時候住在臺灣，或許沒有英文名字。為了行文方便，本篇從頭到尾都稱他為吉米。

吉米的故事，放在我心裡好多年了，現在寫出來，恐有記憶誤差，認識他的人應該可以說出更準確的細節。不過，即便可能有誤差，這個故事仍然是真實的。

在解嚴後戒嚴

——想起「澎湖去來」舊稿

前兩年的夏天，有一社會團體想到找我跟人對談戒嚴時期的記憶，對談的時間是二〇一七年七月十五日。但是我不會談話，針對設定話題，尤其覺得談不出什麼特別的東西，也剛巧預定要對談的那天，家族裡有事，我得參加，於是順理成章婉拒了不知要怎麼談的對談。

不用談了，心裡一鬆，就想起一件事，關於一篇舊文的事。

那篇舊文寫於一九九四年，發表在一本語文親子雜誌上，當時我為那雜誌寫些親子生活的文章，有一個叫「生活散步」的小小專欄。寫著寫著，寫了篇遊記，叫〈澎湖去來〉，如下。

從澎湖回來以後，我開始看陳舜臣寫的歷史說部——海的三部曲。陳舜臣在自序中說：「這三部曲的共通主題之一是『海』。毫無國界之分的海，不但是運輸物資和文化的通道，同時也象徵著自由。」

自由！藍色的海在眼前晃動起來。

§

澎湖盛夏。我們二十幾個人在赤崁港登船，要到北海域的最大島嶼吉貝嶼去。船啟航，破浪出港，一瞬間，人就在亮藍的海面上了！身體隨船起伏，心也猛烈躍動，孩子在船艙裡待不住，早已奔到船尾去看那一道船破海劃出的白色翻捲浪花。他的嘴巴也關不住，從肺腑裡吐出好多大笑聲與讚嘆聲。而大海應和著他。

自由！我隨孩子扶著船舷到船首去時心想，在空中絕對沒有在海上自由。飛機上，你得綁著安全帶，你只能透過小窗看天空，你不能大聲說笑，怕吵著別人。在船上，誰管你大不大聲，人人都扯開了喉嚨，因為海響得最大聲，風也並不多讓。

吉貝嶼到了，早上十點正逢退潮，導遊帶我們改乘在膠管上鋪木板的筏子到礁石區去踏浪。

現在不只是看海，而是跳下海去。大海很幽默的只到人的小腿處，再深也不過腰。我們踏浪而行，看見成群的小魚倏忽來去，還有一條條粗大的黑色海參靜靜伏在海砂上，要很小心才能不踩到牠們，因為太多了。兒子伸手去抓，牠們任他抓，完全不躲。他抓了一條給我看，我輕輕摸一下。他又抓一條給同行的小女孩看，小女孩尖叫一聲說不要看。

還有一種生物四面輕擺著細長的足，兒子要抓，牠一下收攏了足，鑽進石隙，就抓不到牠了。幾回皆是如此。那邊巴顏卻抓到了一隻，大家都過去看。原來這五足展開，有點像海星的生物叫陽隧足。都看過了，巴顏放牠回海。

再過一會，巴顏又抓到一隻棒球般大，渾身是刺的小刺河豚。這刺河豚曬乾後吊在店裡時劍拔弩張，皮堅刺硬，在水中卻不是那副模樣，巴顏放手讓牠游走時，牠把身上的刺朝後一收，姿態像小狗服貼時把耳朵貼向後腦一樣伶俐，僅一閃便不見了。泰雅人巴顏真不簡單，他會好多我們都不會的事情。我和兒子已經深深體認到這一點，便跟在巴顏和他的太太魯妮，兒子雅衛後面走。

果然巴顏又找到了什麼，「牡蠣！」他說。他在一塊大石前蹲下，順手撿塊一端略尖的石頭，沿著緊附在大石上的牡蠣殼輕敲幾下，便揭開了上殼。他把肉挖出來，說：「這好吃的，海水那麼乾淨，絕對衛生。」就一口吞了。

接著魯妮也找到了一個牡蠣，敲開後她很客氣的請我吃，我不客氣的吃了。那軟滑的肉帶著生鹹的海味，確實是好吃的。

再走幾步。兒子竟也發現了一個。他學巴顏的手法，以石敲開牡蠣，剝下肥大的肉，送給魯妮。她笑著吃了。

導遊在筏子上喊：「上來啦，帶你們去深一點的海裡浮潛。」

深一點的海裡泊著一條船，船上有一堆救生衣，又有一堆不帶呼吸管的潛水鏡，船員說我們沒浮潛過的人佩戴呼吸管反而麻煩。既上此船，只有都聽他們的。

我們這一批人裡面，只有巴顏等三位男士泳技高強，不穿救生衣就能撲通撲通跳下海。兒子一看大急，趕忙穿戴好也跳下去，我自然亦隨子躍下。

海啊，這麼美麗這麼美麗的海，海是和游泳池完全不同的東西。海中有魚。那一大群寶藍的是什麼？藍天使。有人說。那群黑白兩色的呢？雀鯛。又有人說。

「媽媽，你游來這裡看，這裡魚好多！」

「好，來了！可是穿了救生衣，很不好游。」

我和兒子像兩隻來到海龍王宮殿外的井底蛙，大呼小叫，興奮不已。救生衣不斷的要把我整個人托上海面來，我像個皮球似的在海面上翻翻滾滾，在游泳池學的那一套蛙式施展得很不順利。我旁邊一位泳友也在和她的救生衣奮鬥，不住驚叫：「我怎麼不會游了？」

底下悠游擺尾的藍天使和雀鯛若有興致朝上望望，一定覺得我們這夥狂呼怪叫的生物非常奇異。

然而以怪異之姿泅泳碧波之中的我們好歹總是下海了，還有將近半數的同伴卻站在船上，以各種表情俯望著我們。他們無法下海。

無法下海——不會游泳，怕水，身體不舒服，或不習慣穿泳衣露出不像世界小姐的身材。曾經我也是站在邊上看人戲水的一個。

無法下海——如果一一點數全臺灣的兩千一百萬人，或許也有近半數的人是無法下海，只能站在船上或岸上的吧？在婆娑之洋、美麗之島上建立的海島之國，在身兼海盜與巨商雙重身分的顏思齊、鄭芝龍於此建立據點，後又有海盜之子鄭成功於此開基立業的洋流輻湊、大海環繞的土地上，竟有如許眾多子民無法下海？無法下海的島國之民不啻為水牢之囚。

我們是如何成為水牢之囚的？

一九四九年以後，閉鎖的政治大環境使得臺灣周遭美麗多姿的海岸線被劃為國民的禁地。不得攝影。不得留連。於是我們背向海洋。

是在一九七四年吧，我和一位後來在臺北一家雜誌社工作的大學同寢室好友同往鹿港遊覽古城風光。古蹟大略走過之後，我們決意要去看鹿港的海。

那天下午三、四點鐘，大片的沙灘出現在眼前。我們遠遠看見運蚵人駕著鐵牛車行過沙灘，更遠處有泊在沙地上，漲潮時就會浮在海水上的小船，再遠處是粼粼閃光的大海。且慢過去！盡忠職守的崗哨士兵忽現身攔路。小姐，你們要來幹什麼？只是看看海？海嗎？那要看多久？看好就快點走。相機留下，不要帶去。

我們兩個要看海的浪漫小姐就放下相機，背負上哨兵狐疑的目光，朝海邊走去。夕陽在海天灑下大片金光時，我們走到一艘泊在沙灘上的小船邊，和守在船上，正在剝蚵的一位老阿伯聊了起來。

老阿伯說天暗後潮就要來了，船會浮起來，晚上他就在這船上守蚵田。他還說我們如果不想回去，晚上可以住在他的船上，他煮蚵仔稀飯給我們吃。我們探眼一看他的鋁鍋，裡面已有一小堆肥美新鮮的蚵肉。

真的很想在這漁船上住一晚，可是，可是，真的可以嗎？那潮水來不危險嗎？那哨兵會怎麼樣呢？還有今晚等我們去鎮上她家住宿的鹿港同學會不會著急？

終於只是在小船邊遠遠看了一陣夕陽下的海就回去了。哨兵把相機還給我們。我們沒有攝下一幀海的相片。

生活上，我們很難親身感知海洋的撫觸。我們不住在海邊，很少看見海。我們不以打漁為生，所以不坐船出海。大學時代，我與我的同學常常參加的學生旅遊活動叫「健行」，我們去橫貫公路健行，去花東海岸健行，健行，就是在陸地上走長長的路。甚至到了蘭嶼，我們也還是繞著蘭嶼健行。一直走，一直走，走過海灣，看到燦然奪目如大塊藍寶石的海，我們也只是脫了鞋濯足，或者拾貝，或者看蘭嶼人在石灘上剖殺剛捕獲的鮮魚。

怎麼沒有人下海游泳？怎麼沒有人鼓勵我們下海？年輕人在海洋面前怎麼只是看著海發呆？怎麼我們的學校教育不教我們知道我們是海洋國家，不是大陸國家？怎麼我們的地理課本沒有打開來讓我們嗅聞到海洋的氣息？怎麼我們的歷史課本打開來卻不讓我們看見波瀾壯闊的海上風雲？怎麼我們的體育課沒有好好教我們游泳？怎麼我們想要親水學泳是如此麻煩之事？最後還有怎麼從小到大，隱約總有一個聲音告訴我島國之民氣度狹窄，比不得大陸國家的子民氣度恢宏，因為我們所見者小，視野中沒有一片大平原或一條大河流！

然而什麼比海洋更大？開放海禁，打開水牢，我們的視野中就有四面汪洋、八方大海，島國之民的視野應該是最大的。

導遊喚我們上岸吃中飯。飯後討論要不要換個地方玩，比方去有腳踏船等水上遊樂設施的海上樂園。但是導遊說進了樂園大門後，除了坐在沙灘上不要錢，玩每一項都要個別收費，請我們好好考慮。那，就算了吧。兒子也說他只要海，遊樂設施都可以不要。

又回到海上。海卻變了。方才踏浪的礁石區已經不見蹤影，原來海在漲潮。一跳進海中，就感覺到海力強大，一波波浪潮直衝向岸邊，這海是有意志的，我不知如何抗拒，竟也被她帶向岸邊！幸好船員立刻過來帶我游向船邊。我這才發現，在游泳池的靜水中游，我幾乎沒用什麼力氣，在海裡就不行，逆潮而游時，手臂要用力划，腳要用力踢，還得學會配合海浪一波波的韻律。

海，並不總像早上那樣溫和，這時的海，連顏色也變得比較深沉。早上一直站在船上觀望的一位年輕人卻選在這時穿戴好救生衣下海。不成，強勁的浪潮一直把他撞回船邊，不讓他有時間調整姿勢好浮潛俯瞰水中游魚。他很快又上船了。渴盼，而又害怕。這就是多年來我對海的感覺。全臺灣那一半只能站在船上或岸上的人大概也都有這種感覺。我們被禁錮在島上，無法撲身大海，縱浪逐波。島國之民不知海是悲哀的。

然而時序已是一九九四年，政治已經解嚴，海禁也開了，終於我們可以面對海闊天空的世界，終於美麗之島又從大陸的幻夢回歸婆娑之洋。或許，我們全都能很快的學會親海、近海，不但在海上觀風月，討營生，也在海上謀出路，開新局。

雖然漲潮了，我兒卻使出一股蠻勁，游東游西，像隻小海豹，一點不覺得累。巴顏也還領著雅衛在浮潛觀魚，他們戴著自備的連呼吸管的潛水鏡，玩得真暢快。從小視野中有海的我兒和雅衛也許會長成為同我這一代不一樣的人——更大膽，也更謹慎，更豪放，也更溫柔。

§

從澎湖回來，因為那碧藍生猛的大海仍在心中湧動，我開始看陳舜臣以海為主題的小說。人頻繁的活動在海的舞臺上演，我跟著打開地圖集，索查島嶼和大陸的關係位置。

有一個全新的世界在我眼前展開。

海是聯繫，不是分隔。海是延展，不是阻絕。

因為親身近海，感受很強，這篇文章的主題也是海，其中講在鹿港看海的經驗，後來轉錄於另一篇講我大學生活的文章，收於我的一本書裡。

我寫海寫得很痛快，彷彿邊寫邊沉浸在碧波白浪裡。不想文章刊出不久，編輯來電說有讀者回應文章的政治色彩太濃，裡面有臺獨思想，希望以後不要看見這樣的文章。

編輯又說，我們也合作了一陣子，覺得下一期刊出你最新的一篇文章後，可以告一段落，結束你的專欄。謝謝你，再見。

一通讀者的警示，造成的連動波盪。

我很吃驚。多重的吃驚。

原來，我有臺獨思想。

原來，我這樣的媽媽寫作，真有人看，且有巨眼審視。原來，沒有臺獨思想的人出手這麼快，影響力這麼大。要是在過去，對我的發落當不止於此。

那時候是一九九四年，剛解嚴七年，解嚴是在一九八七年。開始戒嚴是在一九四九年，戒嚴的歷史長達三十八年。七年比三十八年，七年短很多。算了算數後，可以理解雖然體制上是解嚴了，但人心沒有那麼快解嚴，讀者會自動審查雜誌文章，警總還駐守在很多人心裡，商業市場上的雜誌亦戒慎恐懼。

到了二〇一七年，解嚴三十年了。三十年比三十八年，還是短些。自由，還是禁忌的字眼嗎？人心，還在，或者還會不會回到戒嚴狀態？我們可不可能還會回到寫出類似〈澎湖去來〉那樣一篇普通的遊記感懷文章後，也有大審判官耙文審析下判決，並把作者發送至小島關好多年，讓她看海看好多年的戒嚴時代？

二〇一七年七月十五日，解嚴三十週年紀念日，有人要來談戒嚴時期的記憶。真是椿極有意義的事。

後記

陳舜臣是祖籍臺灣，以日文寫作的作家，著作豐富，得獎甚多，小說方面，他寫推理小說，也寫歷史小說，本文提及的「海的三部曲」是三冊圍繞著海的歷史小說：《琉球之風》寫琉球置身中國與日本之間的歷史命運，《龍虎風雲》寫鄭成功的父親，明末清初大海商鄭芝龍的故事，《旋風兒》則寫鄭成功風雲。

曾經年輕

算起來，不大在外頭參加活動的我，同美麗島時期的老朋友蔡有全已經好多年沒見，想不到，二〇一七年，他才六十七歲，卻讓先生陳忠信，我，和其他朋友開始要追思他了。

蔡有全上年紀後，人胖了——坐在殯儀館的悼客席上，看著前面放映機播放他生前的影像，我暗自數落他：多半是胖了，心血管不太通，又不大注意，才會忽然覺得頭痛，躺下睡一會，就心肌梗塞睡過去了。

不過大家都胖了，哪個還像當年那樣瘦勁好看，沒肚子，沒雙下巴？環顧周遭，來追思蔡有全的美麗島友人，不論居廟堂，還是在田野，都被時間鏤刻，不復年輕。

蔡有全的好牽手周慧瑛為他選的靈堂遺照，選得好，是一張有動感的黑白照片。他那時候不胖，帥氣，年輕，他在演講，伸出右手，大聲疾呼，疾呼的話似乎破空而來：打倒國民黨，臺灣人不做奴隸！

他這輩子坐了兩次國民黨的牢。第一次是因為美麗島事件，任《美麗島》雜誌社經理的他被打得半死後，坐監五年，同陳忠信是獄友、難友。第二次又因為公然主張臺獨，與許曹德同案，成為解嚴前最後兩位因言論被囚的政治犯，入獄三年。

在蔡有全的告別式上，大家看到他好像還在振臂說話。我跟許多朋友一樣，舉起手機攝下邱萬興先生拍攝的他，想留下他最帥氣的樣子。

周慧瑛辛苦，一個情人，關一次政治牢，一個先生，還關一次政治牢。言論不得自由的封條都快被衝破了，稍微忍一下不行嗎？不行。好好日子不過，又去坐了第二次牢。他自己說他是暫住監獄的自由人，自由人會給太太添那麼多麻煩？不知該怎麼說他。

總之他從頭到尾言行一致，是英雄好漢。伸手疾呼的那張黑白放大照，不只是帥氣，還有股尋常人少見的悍氣。所以說那是張有代表性的照片，充分展現他超強的個性。不止於此，我也在這張照片裡看見屬於美麗島世代的一股集體的悍氣。臺灣人忍，忍，忍了好幾世代，積累到那時候，胸臆之氣衝薄而出，遇堅則撞擊，撞擊出通往新時代之路。

然而這樣一個蔡有全，上天堂下地獄都敢衝撞的蔡有全，卻有我之前不知道的另外一面。喪禮儀式快要結束之前，蔡有全和周慧瑛的獨子蔡心岳含淚哽咽，向親友來賓致謝答禮，並敘述父子之間的相處點滴。他說父親一直希望跟他是朋友，但他覺得他與父親的關係，超越了朋友關係，不是朋友關係可以涵蓋的。他說臺灣獨立是他父親蔡有全一生最大的夢想，但是，他的父親從不要求兒子也要懷抱同樣的夢想，因為他認為每個人都有權追求自己的夢想，大家各自努力就是，如果他強求兒子後輩追求跟他一樣的夢想，那他跟國民黨豈不是一樣蠻橫霸道？

所以說，在蔡有全強悍個性的核心，有著一片純摯的溫柔。莫以為這事尋常一般，意識形態強烈的人，通常看不得身邊的人想法跟自己不一樣，所以臺獨大老不會希望女兒嫁入統派家庭，統派大老當然也不樂見兒子娶個獨派人家的女兒。我們的時代當然不是羅密歐與茱麗葉的時代，但其實，羅密歐的父兄和茱麗葉的父兄都還沒有退位，仍然在指點江山，試圖影響兒女弟妹的夢想和未來。從前我一位朋友曾經罵她的臺獨爸爸不許她交外省男友，比國民黨還國民黨！爸爸大怒，與女兒冷戰數月方才休兵。堅信臺灣只有一條路的蔡有全，卻能抱持開放的心態，任由兒子選擇自己的夢想，這絕對不是容易的事。

儀式結束後，室外是瓢潑盆傾的大雨，在彷彿混沌無有之迷離朦朧中，蔡有全回歸上帝之國。我想起另外一個雨水不斷的季節，快四十年前的一個二月的下午，在一棟光線沉鬱的大樓——臺北地方法院的一樓門廳，我同美麗島案的一群家屬，如無頭蒼蠅般無方向亂跑，周遭跟著一群看我們無方向亂跑的記者。那一天我們聽說部分美麗島人將轉司法審判，會送到地方法院走個過場，即匆匆趕來守候。

我們在鬧轟轟的聲音中奔跑，到處問人我們應該去哪裡，我們應該去哪裡，去哪裡才能看到久未見面的親人？沒人給我們準確的答案，我們只得繼續瞎跑。

忽然我聽到有人喊：唐老師～唐老師～

我抬頭望向彷彿是聲音傳來的，通向二樓的樓梯，我看見一群人擠滿了樓梯，往下移動。

唐老師，唐老師！又有人叫我，我很確定聲音來自樓梯上的那群人中間。是誰？我定睛看，看見背光的樓梯上幾個被銬的人夾在一堆執勤的人中間，可是我一個都不認識。

是我啦，有全啦！唐老師，我在這裡！

我終於認出了銬著手銬的蔡有全。他理成了光頭，樣子完全跟以前不一樣了。他咧嘴的笑顏，讓我認出了他。而我再次確認：世界變了，生活變了，再也不可能變回到過去。

我擠過去喊有全你好嗎？忠信好嗎？他在哪裡？

他隔著人群回喊都好，都好，忠信應該已經被送到土城看守所去了，你要去土城找他！

我大喊說好，我馬上就去！那你要去哪裡？

一群人不停步的簇擁著他下樓轉入一門走了，沒有人能擠近前，一下就看不見他了。隔著迷離朦朧的雨霧，那一個下午，卻還沒有過去，還保存在空中某處。聲音，笑容，都在。

糟糕的是我那時候不知道，他在之前偵訊時被打得那樣慘，嚴重損傷了生殖機能，竟還問他好不好。

幸好他出獄後，積極求醫，且還服用難友販售的胎盤素補藥，好不容易的，終於得到一子。

去年他還有了長孫女。他是躺下去睡，伴著孫女兒睡，而一睡睡過去的。不壞的結尾。不是在牢獄中，不是在槍管下，是在住慣的家裡，由親愛的孫女兒咿呀吟哦著送他走。

§

年紀大了以後，對於幼與長的接手、交替，特別覺得奇妙，覺得其中有神。送走蔡有全之後沒幾天，我和陳忠信去新竹參加一場婚禮，新娘的爸媽是跟我們一起走過美麗島時代的老友劉守成和田秋堇。

不少同期的老朋友也都去了，我們的老族長，八十五歲的田媽媽孟淑女士，非常歡喜，上臺唱歌時，中氣十足，令人高興。

田媽媽看到我總要先數落：香燕啊，我們三十年沒有見了！

不對啦，我說，我們前幾天去送蔡有全的時候見過，之前也見過，有一次是在長春電影院碰到，你說天氣好熱，去哪裡都不舒服，沒事就帶外勞姐姐來電影院吹冷氣，看電影，有時候還連看兩場！跟我一起看電影的那群朋友都說田媽媽好酷好棒，好大方，好會過日子！

聽我說得有憑有據，田媽媽就笑了。她又說起從前，三十多年前，秋堇訂婚的事：秋瑾節省啊，訂婚不捨得做禮服，跟你借你結婚的旗袍穿，可是你穿起來鬆鬆的，她穿起來好緊好緊，拚命塞才把自己塞進去！哎喲喂，像綁粽子一樣！

我說不會啦，秋堇穿起來很合身，很好看啊。

這樣的對話，之前好幾次一模一樣的進行過。多半都是在婚禮喜慶的場合。田媽媽大概看到新娘，看到我，就會想到秋堇「像綁粽子」一樣穿我的旗袍訂婚。大概周遭不少人因此都聽過田媽媽講這段故事。

來看看我有名的旗袍：我的旗袍，是這樣子的；我和陳忠信那時候，在彰化田尾老家附近的公路花園盛裝拍的照是這樣子的。哎喲喂，看這瘦的！

特地由臺北南下參加我們公證婚禮的周渝、易富國和秋堇老友，是這樣子的。看這年輕的！那是從前，從前，一九七九年春！當時站在我們後面那三個瀟灑的人都還沒有結婚，一晃秋堇主持嫁女兒的婚禮了。

秋菫在婚宴的席間也落進回憶的漩渦，說起初生的女兒睡在她身邊的情景，好像是昨天的事。

上了年紀，大家都沒白活，都有說不完的回憶，隨意捻起一根線頭，就能繞著繞著，繞進好深好深的過去。隨秋菫旋繞進記憶深處時，大魏的太太張慶惠，也端著一杯酒過來跟我們碰杯。她說三十八歲的女兒魏筠要在桃園插旗選議員了，需要大家去幫她。

魏筠，美麗島世代的女兒，她是大魏魏廷朝的女兒，小魏魏廷昱的姪女。大魏、小魏都不在了。小魏要是在，我可以想見他在姪女兒競選總部內外穿梭奔忙的樣子。而大魏要是在，我可以想見他穩穩坐在女兒競選總部裡的樣子，正如當年，他穩穩坐在《美麗島》雜誌社編輯部裡，像尊正氣、祥和的大神。

在《美麗島》編輯部裡認識的大魏，兩度入獄，坐牢近十年。第一次是因為同彭明敏教授和大學同學謝聰敏一起發表《臺灣自救宣言》而被判刑。第二次是天外飛來的冤獄，為了要他承認與一樁爆炸案有關，審訊者打斷他的牙齒，電擊他全身，讓他彈跳起來。可是我看見的大魏，總是心平氣和，滿臉微笑，就算人家問他被刑求的事，他也慢慢道來，不動肝火。這樣的人，內心太強大了。

美麗島事件，讓他第三度坐牢，連之前假釋的份也要坐滿，因此他又入獄七年多。

大魏自己，平心靜氣接受坐牢的命運，我們在外頭，反比他緊張、瞋怨。

當時很多人在問魏廷朝是誰，亟需瞭解他的背景，想要把他的相關資料傳送至國外的人權救援組織。魏大嫂慶惠，帶著一歲稚兒新奇，懷著即將出世的魏筠，除了提供大魏的生平資料，還與大家一同奔走，積極參與各項救援行動，身心皆高度緊繃，十分辛苦。我們幫她不了什麼，因為大家都背負沉重，左支右絀。

於混亂得不行的景況中，我勉力提筆，寫了幾篇陳情及提供資訊

美麗島人於創刊號即將出刊前，在仁愛路三段百齡大廈雜誌社前的安全島上合影。後排右起第五人是大魏，魏廷朝，時任《美麗島》雜誌執行編輯。陳忠信是後排右起第二位。太陽當空，好幾位都笑得開朗，不曉得不久就將迎來寒冰烈火交加的煉獄人生，殘酷歷史。（照片為張榮華先生提供）

的文章，包括一篇〈我所認識的魏大哥〉，寫完以後即交給救援組織，由他們處理。我以為動筆是我比較能做的事。

可是我哪裡真正瞭解大魏了？我哪裡看得懂臺灣的過去與現在？我又哪裡會知道大魏是在放眼、深思臺灣的未來後，對他個人的命運透徹了然，報以微笑。我只是粗淺的這樣寫：

認識的人都叫魏廷朝「大魏」，但是我總叫他魏大哥。

認識魏大哥，也就是這幾個月的事，但是我對一個人的胸襟、氣度，只要有過真正直面的接觸，就會有真正切入的瞭解。

魏大哥，人似春風，與世無爭。但是這樣的一個人，從他二十八歲開始，卻兩度入獄，在獄中度過將近十年的歲月。

十年，種下一粒種子，可以長成一株大樹；種下一粒仇恨的種子，可以長成一株仇恨的大樹。魏大哥種下的是什麼種子呢？

我在魏大哥十年鐵窗生涯結束後認識他。我看見的魏大哥從來沒有對人紅過一次臉，也從來沒有對人粗過嗓門，永遠心平氣和，永遠扯開寬寬的大嘴，笑得滿臉都是謙和，都是坦然。

不免為他擔心：懷抱這樣赤子般的真心誠意，行走多艱的世途，會碰到些什麼事呢？

不免暗自揣度：究竟魏大哥是赤子呢？還是聖人？

曾經問他類似的問題。魏大哥說：「我是最平凡的人，做的是最平凡的事。坐過十年牢，也不算什麼。政治犯，不是英雄，更不必把自己捧成英雄。」

魏大哥歷經打擊，卻仍能以平常心看待自己，行所無事。他的一言一行，渾似天籟，自然無比。也許就是這份平常心，使他安然行過人世種種滄桑，禍來不驚，變生不愁。

我不再揣度魏大哥是聖人，是赤子，是凡人，還是英雄。魏大哥是政治犯的典範。他受過壓迫，但他仍然保有健康、寬闊、毫不扭曲的心靈。他在封閉的世界待了十年，卻仍以喜悅、愛惜的眼光看待外面的世界。牢獄從來沒有關住魏大哥，他可以自由出入。

魏大哥對我說過短短幾句話，我深深記得：

這個社會必然會發生某些事，這些事必然會落到某些人身上。我只是剛巧碰到的一個人而已。

他說得那麼平和，我唯有點頭。但此刻，我要再問魏大哥：

——更多的人去哪裡了呢？更多的人是不是要以閃避、低頭、掩面的姿態，蒼白的走過這個時代呢？更多的人是不是要把我們這個時代的生機摧毀殆盡呢？

——請你告訴我，魏大哥。

年輕的我，只能寫出這樣的文字，只能這樣了。不過這篇很糟的文章有其價值，就是把大魏樸素、深刻的話語錄了下來。

想想我們這些朋友，大魏、小魏昆仲不用說，其他人應該也都盡力了。連曾經像傻瓜一樣坐在大魏面前問他是不是聖人的我，也盡力了。我們見證了對方的努力，見證了彼此的年輕。擁有這樣的見證，因此並不孤單。

有全，好走。你現在大概已經到了可以領會〈詩篇〉第九十篇摩西所說「在你看來，千年如已過的昨日，又如夜間的一更」的地方了吧？你看，你在那裡看，秋堇和守成嫁女兒了，大魏和慶惠的女兒要接棒插旗競選了，你和慧瑛的兒子非常好，會思考，而你們的孫女兒在咿咿呀呀的長大。你看，你在那裡好好的看，看大家，是不是，即便千年一瞬，也不負那一瞬之光陰。

人間律法

一

一九八〇年二月二十日，警備總部軍法處以叛亂罪的罪名起訴黃信介、施明德、林義雄、姚嘉文等八位美麗島事件的涉案人，另有王拓、周平德、張富忠和我先生陳忠信等三十三位同案移送司法審判。二十七日，移送司法審判的陳忠信等人即由景美的警總軍法處看守所，先送到臺北地方法院，再轉送至土城的臺北看守所。第二天，二十八日，被以軍法起訴的林義雄律師家裡發生滅門血案。臺灣的天空烏雲密布。

烏雲密布，大審在即，要為那麼多軍法、司法被告尋找辯護律師的艱難工作必得迅速展開。主其事的是法界著名的陳繼盛律師和張德銘律師。當時，因為陳忠信曾在一九七八年立委增補選時幫在桃竹苗選區競選的張律師助選，我也認識了張律師和張太太，美麗島事件爆發，陳忠信被捕後，我自然被張律師和張太太納入他們的保護傘下，常常出入他們廈門街的住家，天晚錯過末班車，不方便回新店山區的住處時，也常在他們家的空房間住下。那時候我很幸運，除了原來的朋友，還特別得到他們兩位和景美陳鼓應太太的悉心照應，身心方可安頓。

張律師在當時的黨外陣營比較低調，但早於一九七三年，他就和林義雄、姚嘉文兩位律師在臺北共同創辦「平民法律服務中心」，免費為貧民提供法律服務。這些年輕的律師都樂觀的相信可以用法律為臺灣人民伸張公義。

一九七七年，張律師的家鄉中壢發生群眾火燒警察局的中壢事件，起因是群眾懷疑有選務弊端。後來，挺身指證投票所主任作弊的牙醫師邱奕彬被控以偽證罪。顯然，這是找他做替罪羔羊。在那個政治壓力還很大的年代，張律師拍案而起，擔任邱奕彬的辯護律師。最後結辯時，他向審判長說，本案全國人民矚目，而且是因挺身作證檢舉不法惹來的麻煩，如果不能給予公道，判邱奕彬無罪，將使全國百姓喪失對法院公正的信心。雖然經過張律師的辯護論證，早已是非分明，但邱奕彬還是被判有罪。張律師事後將全案經過寫成《公道何在？》一書。

面對美麗島大審，要為被指控叛亂罪的軍法被告尋找辯護律師，不比實際出庭辯護容易。八位被告，要是能幫每一位都找到兩位辯護律師，那就需要十六位辯護律師了，律師名單開出來後，一一登門去邀請，要是他們本人同意出馬，他們的太太家人也沒有意見，接下來，哪一位被告要請哪兩位律師，也需要一番排列組合功夫，得讓每位被告的家屬都滿意才行。我看見的張德銘律師思緒縝密，人情練達，通透聰明，應變快速，各種複雜的狀況都處理得宜。

最後，除了施明德只請一位鄭勝助律師外，其他七位被告都請了兩位律師，總共是十五位律師。這十五位律師像陳水扁、蘇貞昌、謝長廷、江鵬堅、張俊雄、尤清……日後關注臺灣政壇的人大概都知道他們的大名，當時則或許只有法界的人知道。我也從沒聽說過。我敬重他們拔刀相助，撩落下去的勇氣，但心底裡，我跟一些被告家屬的想法不太一樣，我以為這場法庭大戲的劇本已經寫好，不論哪位辯才無礙、望重法界的大律師出庭辯護，結果都是一樣的。不論誰來辯護，我們只需要感謝，感謝他們站出來，感謝他們站在被告身邊。

但是後來在軍事法庭上，三月十八日開始一連九天，這些律師的辯詞和被告本人的自述，透過報紙實況報導，等於是面向全臺民眾，開了最難得的深入淺出的政治啟蒙課。以前不能想，不能講，不能做的事，現在大家知道是怎麼回事了。這是我原先沒有想到的情勢。

緊接著的夏天，司法審判也開庭了。

二

一九八〇年春，二、三月間，我在《漢聲》雜誌的辦公室接到一通電話。來電的人說我姓李，我是忠信的彰中同學。接著他說了他的名字，他叫李達夫，哪個達，哪個夫，他都一一說明了。

很清澄懇切的聲音。但是，對不起，我不曉得你……我說。

不要緊，他說，你跟忠信講，他一定曉得。

然後他說，忠信還好嗎？我想做他的辯護律師，我是律師。

我很吃驚。美麗島事件是一樁不知道會怎麼發展的政治大案，當時的社會氣氛詭譎又恐怖。接下來的大審，我們家屬要找到願意辯護的律師並不容易，怎麼竟有律師主動來電表明願意接案！我謝謝他，跟他要了聯絡電話，說我會去跟忠信談，也會把他的提議告訴負責聯絡組織辯護律師的張德銘律師。

第二天我去土城的看守所面會陳忠信，告訴他有一位彰中的李達夫打電話來，說要做你的辯護律師……你記得他嗎？他可以嗎？

陳忠信聽了，立即眼睛一亮說他可以，他可以，你趕快去跟張律師講！

原來李達夫曾是陳忠信念念不忘的彰中童軍團裡的一位少年夥伴，彼此情誼很深，只是這幾年大家各忙各的，疏於聯絡。後來他斷續補講了李達夫的一些事情讓我知道。

李達夫，臺大法律系畢業，是彰化世家子弟。父親李君奭先生，自銀行退休後，給自己訂定目標，筆耕不輟，翻譯了一系列日文的中國古代人物、思想、文化書籍，自己出版，命名為「專心文庫」，不以營利為目的。這些書也陪伴陳忠信度過漫長的牢獄歲月。李達夫的母舅是日治時期致力臺灣民族運動的清水名宿——楊肇嘉先生。

李達夫有兩姊一兄一弟，姊姊都康健，但三兄弟的腎臟卻都不好，哥哥和弟弟皆因此在青、少年時不幸過世，瘦弱的李達夫則在大學畢業後動了換腎手術，移植了父親的一個腎臟。陳忠信感慨的告訴我他的這位童軍伙伴是當時臺灣換腎後活得最久的人，父親的大愛令人動容。他還說李達夫因為自己身體不好，交女朋友就希望交一個身體健康，不會讓他擔心的女孩子。

李達夫不到六十歲病逝。過世前我們曾去醫院看他，他床邊守著一位看護，年輕時很有活力的太太小喬幾年前已先他生病去世。我告訴自己不用太為他難過，人生本有榮枯，且預想不到的事情多了。但我想起當年，美麗島大審過後，大約是一九八一年冬吧，我帶著我參與製作的《漢聲中國童話》去李達夫家裡送他的兩個女兒，仁愛路巷弄裡的房子安靜大方，孩子可愛，太太開朗，一切都很美好，他那麼清澄懇切的人理當享有這些。陳忠信出獄後，他和太太曾帶糕餅來家裡看我們，又多次約我們去參加彰中同學的聚會，原來他是同學群裡的中心人物。這也不難理解，他家境好，他會主動對人好，例如對我們，他就是主動出手相幫，這樣的人安安靜靜的，也自然會成為朋友裡面的中心。

其實當時，美麗島事件發生後，雖然他和忠信是童軍老友，安安靜靜看著與他不相關的事情發展就好，又何須出頭來找我們？他不為名，不為利，純粹是念那份少年舊情。那時候又出了慘絕人寰的林宅血案，人人看了都怕，我們美麗島家屬是要躲也沒處躲，他怎麼還不退遠些，還站出來要幫我們出庭辯護？其實這位從小病弱，看來溫文儒雅的朋友，骨子裡是仗義行俠的俠客。

兜兜轉轉想了回來，看見他病著還打起精神招呼我們，就不敢多留，與他握別。

到現在想想還是難過，他一個身體不好的人，從年輕時起，一直在失去，失去，心裡頭一定有一個愈來愈大，難以填補的空洞吧？死亡的陰影必是他深宵獨對的惡夢。他為我們做了那麼多，我們卻什麼都沒能為他做。也許他覺得沒有人能為他做什麼，連他自己也不能為他做什麼吧。他就默默沉入那個空洞，走了。

三

陳忠信的辯護律師陣容十分豪華，除了李達夫律師，還有一位林勤綱律師。林律師後來十分有名，是陳水扁案的主任檢察官，據報導，他在扁案法庭上含淚陳述近兩小時，最後說：

親愛的朋友，請諒解我，我必須釘死你的過錯，如此用來彰顯你曾用一生去樹立起的美好的價值……

這樣有宗教意涵的深刻話語，不是抄來的金句，絕對是我認識的林律師的肺腑之言。林律師，不僅是臺大法學碩士，還是臺灣神學院的神學碩士。我理解林律師的痛苦，他的真純是不打折的。我同樣也覺得痛苦，但我無論如何到不了神學的境界。

林律師的眼淚是真實的眼淚，他落淚絕非虛假扮戲，他是一路流著淚在人間尋路。

林律師任扁案主任檢察官那陣子，陳忠信在國安會工作，有時忙得太晚會借宿植物園旁的立法院會館朋友的房間。有一晚，已經相當晚了，他離開總統府的辦公室，沿著博愛路要走回會館。在臺北地方法院外的人行道上看到前面一個熟悉的身影低著頭彳亍而行。那不是林勤綱嗎？等越過確認後，他轉身問，勤綱，這麼晚，你怎麼還在這裡？

林勤綱抬頭看清是誰後說，在閱卷子，心裡很苦，出來走一走。

然後，他向這個二十幾年前的辯護當事人說，忠信，我心裡真的好苦……這是我們當年要的嗎？

陳忠信也不知道該怎麼安慰他，只能輕拍他的肩膀說，勤綱，照你所信而行吧！

我們認識林律師時，他是初出茅廬，不到三十歲的律師，在張德銘律師事務所執業。美麗島事件發生後，張律師安排他擔任魏廷朝、陳忠信和張富忠的辯護律師，我看著這位說話帶鏗鏘金石聲的年輕律師懷抱無比真摯的理想與希望，認真準備辯護，不由有些擔心，因為我就是知道這個案子的結果是權力者寫好的，不會因為辯護律師有多麼優秀而更動。這樣為什麼還需要律師辯護？因為不能不戰而敗，因為要留下紀錄，即便是打敗的紀錄。我只是擔心年輕的林律師剛硬不能彎折，因此會痛苦受傷。

結果陳忠信和張富忠當然沒有無罪開釋，步出法庭，「三進宮」的「大魏」魏廷朝就更不用說了。林律師痛心淚下。我想跟他說這個法庭上不會有奇蹟的，奇蹟還排在很遠很遠的街角，但是算了，別說了。我想安慰他，但也只能拍拍他。

美麗島人都發監下獄後，我每天忙工作忙到昏天黑地，經常趕末班車回家。有一晚在奔下公館的地下道要到對街等車前，遇見林律師。好久不見了，我們在街角停步說了幾句話。最近怎麼樣呢？我問他。

在念神學。他說。

什麼？我大吃一驚。但又覺得沒什麼好吃驚的。他這個人本來就有認真的宗教氣質。有一種人會殉道，他就是那種會殉道的人。有一種人會航向北極海、南極洲，他就是那種會航向北極海、南極洲的人。

法律解決不了的問題，想看看神學能不能。他說。他的眼睛裡好像閃過淚光。

所以，朋友，你還在氣奇蹟沒有來嗎？我心裡想。

也許能？也許不能？我接他的話，說了說了等於沒說的話。

有什麼辦法？對於這位真金一樣的人，簡直無話可說。

但是後來我遭遇的事讓我很確定有些事情就是要法律出手，神學的層級太高，不行。

那是在一九八三年初，陳忠信還沒出獄之前，我遭房東訛詐欺負的事。我們的房東是位高齡婀娜的萬年國代，我們租了她的房子以後，發生美麗島事件，陳忠信在她的房子裡落網被帶走，當時想想還覺得幸好房東不是一般人，大概頗有些歷練，發生這種事了，她還沒事一樣，也沒怎麼多問。

可是房子租到第四年，年初，她通知我說她女兒要回國住這房子，所以租約到期就不能續租給我了。沒法，我只得到處另找租屋，又忙著整理舊屋，準備搬家。交屋前，房東帶著她的管家來看房子，一進門，她先讚我打掃得好乾淨，不料看到書房時她說一扇窗子有裂痕，我沒處理，只用寬膠帶交叉黏了好幾道，所以要扣錢。

我說我們剛住不久，就發現這扇貼了寬膠帶的窗有裂痕，但是覺得一直沒有惡化，又因為一直都太忙沒空管它，就比照原來的處理方式，加貼了幾道寬膠帶，如果一定要扣錢，就扣些換一扇窗玻璃的錢吧。

女國大卻又說這房子牆面有幾處剝落了，她收回房子後還要花錢處理，所以要扣我的三萬塊押金不還我。我說牆面剝落不是我造成的，是自然損壞，怎麼這也要扣我的錢？

她說反正押金不還你，你趕快搬家就對了，說完帶著男管家揚長而去。之後我幾次交涉，她都不讓步，我氣得掉眼淚。三萬塊對我來說不是小錢。而且我無法相信人怎麼能夠這麼不講理。有朋友建議我寫存證信函給女國大，說她若不還我押金，我就會有後續動作云云。

我不會寫這種信函，於是跑到張律師事務所，請林律師幫我寫。未來的法官和檢察官聽了我的陳述也很氣，二話不說，立刻幫我寫了信寄出。

存證信函有用，最後是，女國代扣了一點玻璃費，押金大都還給我了。我去女國代家拿押金時，她那管家竟然站在我這邊吐槽她：忙了半天，只拿到這一點啊！

會不會是我碰到的這一類叫黎民百姓困擾、生氣，還哭的生活芝麻米粒事，讓林律師覺得人間還是需要法律，需要法律人？總之他沒有繼續走神學研究。

人世不公，人間幸有律法，方才稍能彌縫裂痕。敬愛的張律師，李律師，林律師，昨日當我年輕痛哭時，謝謝你們出手扶持，讓我站穩，讓我哭過收了淚，還能望向未來。我不知道你們怎麼看待我們走過的來時路，我是真不希望我們留下的只是打敗的紀錄。不是，不會吧？我們留下的，或將要留下的，不會只有打敗的紀錄吧？

走在路上

二〇一八年底的地方公職人員選舉結束後，「民進黨為什麼會選輸」是街談巷議的熱門話題，我和我的一些朋友也沒有置身事外不講話。促膝相談，朋友質疑執政的民進黨對於幾項進步指標的公投案推動不力，是不是不能回應社會期待了？

我雖然不是老資格的創黨黨員，但我手捧過熱騰騰剛出爐的《美麗島》雜誌，看著那一些為了避人眼目而由我重抄原稿後送印的文章在雜誌上問世，我經歷過黨外時期雷電冰火交加的美麗島事件，是美麗島人的家屬，一路看著民進黨誕生、成長，我認為民進黨有更新、求進的體質。或許我的身分比較特殊，看待這個政黨的眼光帶有情感，不夠客觀，有欠公允，然而又有何妨？許多人所謂的客觀、公允，無非是事後諸葛，朋友，我就依我主觀說說吧。

把時間軸拉回四十年前。四十年前，民主進步黨還沒有成立的時候，它的雛形，夢一般在風霜雨露中漸漸顯影。沒有黨名，沒有黨規黨章，但有氣有精神，後來知道，那應該就是所謂黨魂了。

我是同時在許多人的臉上看見那股氣的。不服打壓，不讓打壓的那股氣，鬱鬱蒸蒸，上升盤旋，讓站在人群中的我流下淚來。

那是嬰兒出生前的胎動，眾人尚不知他們會催生出多麼有力的嬰兒。我也不知，我只是獨自站在一場士林廟口的政見發表會上，聆聽、感知臺上的人與臺下的人情意交流。臺上的人振臂高呼，臺下的人舉手呼應。臺上的人熱淚沾襟，臺下的人頻頻拭淚。大家同情共感，散場時高漲的情緒還不消散，共決是要以選票還受難者公道。

那場選舉是一九八〇年底的中央民意代表增額選舉，一九七九年底爆發美麗島事件後的第一場選舉。結果，美麗島人的多位家屬高票當選，為美麗島案奔走、辯護的多位律師也由這場選舉開始步入政壇。眾人努力，一九八六年九月，民主進步黨終於突破黨禁，正式成立。但在一九八〇年底，無人知曉政治形勢會這樣發展，士林那場政見會上說與聽的人大概也都很難想像反對運動會朝樂觀的方向走。我自己，先生被捕，生活走調，身心皆待修補，且須艱難撫慰受傷痛苦的父母家人，根本無法看清迷霧中的未來。

一九八〇年十二月，我一位初中同學由美返臺，約了我和另一位同學去到近她住處的士林見面。吃了飯，我們同逛士林夜市，燈光爍亮，夜風很涼，逛著逛著，看見許多人朝不遠的廟口走去，是去聽黨外人士發表政見的。我知道那晚同為美麗島家屬的周清玉會上臺，便跟兩位同學說想過去看看，要不要一起去一下？

同學說你去好了，我們想繼續逛夜市。

那也好，我其實並不想擠在人群中看鬧熱夜市，我也不想勉強同學與我同行聽政見。那個時候，要走進那樣一場大逮捕之後高度敏感的政見發表會，得先有心理預備才行，何況是伴我去聽，已經超過同學相聚吃飯的尺度。

周清玉以美麗島家屬和國大代表候選人的身分登臺演講，她講自己與先生姚嘉文律師的遭遇，講臺灣的過去與創傷，講的很好，直擊人心，臺風也大方，讓知道她是多麼努力站起來又站出來的我十分感動。聽者皆感動，會場盤旋著熱情氣流，與會者彷彿心照不宣的祕密結盟了。離開會場時，場中多數人已成為祕密盟友。當時遭受風雨洗禮，情義結盟的人，臉上有祕密印記，相遇時能夠相認。親友中，有人有這印記，有人沒有，沒有的人，常常對我也很好，相處亦無大問題，只要不碰敏感問題即可。

偶然碰到的陌生人卻可能是盟友，例如有一次在計程車上，司機講臺語，我講不輪轉的臺語，邊講邊問司機先生你聽無？我臺語講得不好。他頻頻點頭說聽懂聽懂，我很喜歡聽你講，你再講。我們有來有往的講了許久。

幸有許多識與不識的盟友，予我精神上的支持，助我平安度過那段大逮捕之後的肅殺年月。這些常民盟友，就是反對運動、黨外、民進黨的基石。他們，秉持熱情與信念，推動臺灣往前進。專家學者常在事後評論批判，講究什麼客觀公允，但自己的立場也常改變，甚或改到另一極。我的常民盟友可不理會專家學者，在專家學者站著觀望，想試水溫又怕燙的時候，他們已經往前衝出老遠！

一九八〇、九〇年代，臺灣

一九八〇年二月，陳忠信與其他三十多位美麗島人在被羈押兩個多月後移送司法審判。三月以後他與同案難友開始在臺北地方法院出庭。這是出庭前，走在地方法院長廊上的情景，本照攝像者為周嘉華先生。

加足馬力往前衝，各項社會、政治運動蓬勃發展，成為新手父母的先生和我也未自外於此大潮流，先生進入民進黨中央黨部工作，我帶著孩子常常參與街頭運動，一九八九年六月無殼蝸牛占領忠孝東路時，我和兒子同眾人一起躺倒在馬路上，兒子興奮極了，想不到車走的路會睡滿了人。

一九九〇年三月野百合學運起時，我和兒子去中正紀念堂廣場，在數千靜坐學生外圍陪同他們好半天，迎迓純潔、堅韌的野百合之春。

一九九四年四月，我和十歲的兒子參加了四一〇教改大遊行，一路大喊口號，期望未來有更好的教育方向和政策。

那些年，我們常常在街上，先生走在民進黨的隊伍中，我和兒子走在社會民眾的隊伍中，有時走走碰見了，有時走走又散開了，回家再會。

有一次我在家裡接到一通國外朋友的電話，朋友有事要找先生，我說他不在，出去運動了，朋友說噢噢，他去參加街頭運動了啊？我說不是，他是去散步。朋友說噢，他去街頭散步啊？我說不是啦，他只是去走路，就只是去走路。

走路？朋友疑惑的重複這兩個字。我可以感覺到他在心裡飛快搜尋這兩個字的政治意涵，便趕緊補充說明：他就是單純去走路健身啦，在我們社區。

由這位朋友的反應，可見大家的政治天線多麼發達。

從那些年，一直走到這些年，我們喊的口號，我們提的訴求，有些成功實現了，有些沒有，有待能量蓄積後再次出發去努力。不論成不成功，我們喊過了，走過了，都可以安全回家，安心過日子，我們民主的基石就是這樣牢牢打下了。今天如果跟我兒子這輩的年輕人說在街頭抗議遊行後可以回家洗個澡睡覺休息真好，他們可能會詫異回問真好？為什麼？本來不就應該這樣嗎？

一九九〇年春三月強力推動民主進程的的野百合學運震撼人心，在中正紀念堂廣場持續靜坐數日的數千學生外圍，總聚集許多關切民眾和學者，包括圖中由右至左這五位：林永豐醫師，葉啟政教授，陳忠信，黃武雄教授和吳乃德教授，大家都是熱情學生的堅強後盾。

不是的，本來不是這樣的。這一切現在視為理所當然的社會生活並非低頭可掬的泉水，伸手可摘的果實，開天闢地就在那裡。曾經有一群人，冒險犯難，打拚出一個反對黨，大多數人都以為它將是萬年反對黨，要是你和許信良一樣公開說這反對黨有執政的目標，很多人聽了都會嗤笑訕笑狂笑，覺得太誇張了，怎麼可能！簡直做夢！

如果你和我一樣去過民進黨早期的中央黨部政策研究中心辦公室，你大概也會和大多數人一樣覺得執政是不可能的，差太遠了。那時候，一天近黃昏，我帶著剛上小學的兒子下公車後，依著先生給的地址，走在建國北路旁邊小店林立的幾條巷弄裡，找了好一會才找到。是一棟民宅公寓的逼仄一樓，進門後看見擔任中心主任的先生和洪耀福等兩三位年輕人正在整理前邊客廳那一間做大辦公室，把書籍資料上架落位。先生不論在哪裡，只要動手整頓辦公室或書房，都興致勃勃，滿懷熱情。他帶我們去看後邊那間有點像倉庫的小房間，說那是他的辦公室。很好，雖然現在看來不怎麼樣，但我相信整頓完畢就會很有條理很像樣。我對他有信心！

看過他出獄後第一間在機關裡的辦公室後，我和兒子都覺得開了眼，很滿足，就跟大家打招呼說再見，留他們繼續忙。小店林立的巷子裡華燈已上，兒子回頭往爸爸辦公室的方向張望一下說，爸爸這裡，誰都不知道是辦公室，誰都找不到的，要是哪一天共產黨打來，要抓民進黨的人，爸爸他們只要跑出門，跑到這邊那邊的巷子裡就能逃走了，共產黨也不知道要往哪裡跑才對。

電影畫面感太強，我忍不住哈哈大笑，又想起美麗島事件爆發，全臺大逮捕時，施明德就是跳下公寓後陽臺，穿過臺北這邊那邊的巷子逃跑的，然後我才覺得驚訝，不曉得兒子一個小小孩，怎麼會有這種政治敏感，怎麼會有這種安全警覺？我沒講過這方面的事啊。難道是老師教過要提防共產黨，小心匪諜？我牽起兒子的手，走出巷子。

就在那間逼仄的辦公室裡，先生啟動工作，主催研擬涵蓋十四項政策綱領之《政策白皮書》。蝸居陋巷，如何邁向執政？此即開始。

再後來，先生的黨部職務愈兼愈多，工作愈來愈忙，薪水則還是單單一份。願意進黨部工作的有志之士好像還不夠多？倒是辦公室變大了，政策研究中心也同其他單位一起，搬到南京東路，後又搬到民權東路，再又搬到北平東路的電梯大樓。有一個星期天的早上，先生要開車帶我和兒子去陽明山爬山，臨出家門，忽有件事需要他去辦公室處理一下，我們只得全家同往。去到辦公室處理好事情正要走，忽有門衛通知說新黨的璩美鳳現在來到大樓外面，為了什麼事情要向民進黨抗議，並有幾位記者跟著一起來。

她那是柔性抗議，還帶了束花要送給民進黨。我們只好在辦公室再待一會，讓先生下樓接受獻花。

花拿上樓以後，我不能任人隨便把花一扔，只得去找了瓶子接了水，把花插瓶。幸好插完花，沒有別的什麼人又帶了記者來獻花。這麼一折騰，時近中午我們才得出發遊山。公務纏身，出遊一趟真不容易。先生的同事大抵也是這樣一人多用，蠟燭兩頭燒吧。

人少錢少，很少人看好其執政願景的反對黨民主進步黨，卻在誕生十四年後，於二〇〇〇年，打敗了曾經是「錢如雨下，選以賄成」（某次大選後，某報在第二天的頭版標題）的執政黨，開始執政。「民進黨為什麼會選贏」是那時候街談巷議的熱門話題。

選贏以後有一天，先生在他的立委辦公室接到一位馬先生的電話。馬先生，馬老先生，是時任臺北市市長馬英九的尊翁馬鶴凌。大約一、二年前，馬鶴凌老先生跟一群老先生，以著名的客家團體崇正總會名義，組團要去大陸訪問，行前到各黨拜訪，想聽聽各黨對兩岸問題的看法。當時先生在黨部擔任副祕書長，出面接待了來訪的六、七位老先生，而且充分聆聽了他們的議論，不好意思打斷他們熱烈的發言。拜會時間長達一個半小時。大概這樣，馬老先生記得了民進黨有這個人。

現在馬老先生在電話裡說要到先生辦公室來看他，先生說不敢勞動長者，還是他過去吧。於是約好一天，先生去了馬老先生在忠孝東路臨沂街交口附近的會客辦公室。見面喝茶，馬老先生先客氣恭喜陳水扁先生當選，接著長長細數中國國民黨的百年歷史，一路講到這一年破天荒的失去中央執政權，不禁潸然淚下，說國民黨落到這步田地，「咎由自取，不團結，怨不得別人」，還拿出一首他自己寫的感懷舊體詩唸給先生聽。傷痛之情是聽得出來的。

待他心緒平復後，馬老先生把桌上兩疊各三、四本的書推送到先生眼前，那是孔孟學會等團體出的論文集之類，他說一份送給先生，另一份請轉送給剛當選的陳水扁先生。老先生說，孔孟之道還是我們中國很寶貴的資產，你們選贏了，擔子就是你們的了，希望孔孟之道的智慧可以給你們一些參考，我沒有別的意思，就是想提醒你們要行孔孟之道……

先生感受到一位老國民黨人的悲痛，他尊重這份悲痛，靜默陪坐良久，然後謝謝老先生贈書和指教提醒，方握手告別。

多年後，已退出政治第一線的先生曾說我們這個新生的執政黨贏過，輸過，如果又贏了，那就表示政黨輸贏輪替是正常，如果沒有不正常外力干擾的話，我們奮力爭取的自由民主人權終於算是穩固落實了。

現如今，二〇一九年，距離四十年前發生的美麗島事件頗有一段時空差距，而我們的政治進程再度走到險峻的關卡，讓人失望或期望的民主進步黨必須承擔歷史的任務，再度打敗「錢如雨下」的對手。胸懷理想的年輕人請看看父母的過去，或更遙遠的祖輩的過去，盼望你們有不輸父母祖輩的氣魄、眼光與耐力，前路艱辛，處處是戰場，請容我提醒：此去當心。握手！

握手，我的朋友。

【後記】書成致謝

我和我的女性朋友常常聚會聊天，都聊些什麼呢？歸結起來一句話，聊人生。我們的人生一路加加減減走來，我們做的是加法多，還是減法多？

如果這樣問我，我的第一時間回答是：減法多。

很不爭氣，但我覺得是減法多。我知道自己沒辦法一個人同時做好兩件事，因此常常做減法。我曾經因為出國讀書就沒法兼顧難中的先生，選擇不出國讀書。也曾經因為上班沒法兼顧剛出生的兒子，選擇辭職不上班。我曾經因為朋友說我一篇講生涯選擇的文章裡提到她時角度偏差，寫法不對，在我給她看的草稿上密密批紅說哪裡不妥，哪裡太簡化，而乾脆把那篇文章收進抽屜不再拿出來，並告訴自己文字是會給人給我惹麻煩的東西，這不是早就知道的事嗎？為什麼學不乖？此後好多年，不寫一篇完整的文字。彷彿是，不想看到文字受傷染血，就乾脆把文字關起來。

聽起來真是一個心智很弱的笨女人是吧？不過還好，做了減法以後，先生度過難關，兒子順利長大，而網路時代來臨，我跌跌撞撞由學寫網路郵件開始，撿回了我的文字。現在的我，文字過了自己這關就好，因為，時光珍貴，我只想專注於寫，寫下的東西，好也罷，不好也罷，我只是，當心裡有東西冒出來的時候，就試著用文字的網兜住。

也許，不年輕的現在，我終於開始做加法？

朋友呢？朋友各有各的加減法習題，在職場，在家裡，在內心，或在眼面前。有人感受著虛無的沉重，有人體會著無常的催逼，有人不相信命運，有人看風勢飛翔，有人在反身自問還要再給自己課題嗎？也有人終於解脫緊迫的現實桎梏，重新能夠自在呼吸做自己。

最近我一位大學同學在他的人生中場後結了婚，新娘子小他十多歲，兩人都是第一次結婚。真有勇氣啊，大家讚佩又好奇。至少我就很難想像我到這年紀才走入婚姻。不過，在聚會中見到這對新人後，大家都為他們找到彼此而高興。這兩人，外貌登對，相互欣賞，在各自的領域裡都有建樹，應該可以共創獨立又聯合的理想生活。看見他們笑盈盈煥發著喜氣現身，在人生戰場久經戰事的我們都深深覺得這彷彿遲來的婚姻其實並不遲，人生中場以後，還有很多可能！

呵，人生如謎，縱使萬法皆空，也要喜結良緣。

朋友，無所謂加法，無所謂減法，我們就是這麼有時加，有時減，往前好好的走下去。光陰似箭，日月如梭，我們就是這麼有時加，有時減，往前好好的走下去。

感謝這本書的編輯莊瑞琳和夏君佩把我這些年信筆書寫後，放在部落格裡的文章挑選一些成書，而且理出文章內在的關聯，分「時代發生在她身上的事」和「她所看見的那個時代」二卷呈現。依此編輯思路去看這些文章，我發現，原先筆隨意走的斷續篇章，有機組合為意念凝結之作，我的故事，我遇見的旁人的故事，浮上時間大海，相觸相生，相生相加。我彷彿，藉了編輯翅膀的力量，飛上高空，看清楚我人生的拼圖。原來是這樣的。

這本書裡除了文字，還收了三十多張照片，其中有些張是我小時候同爸媽在高雄老家的形影，放在古舊的木頭框裡，我搬家搬到哪兒，它們就跟著我到哪兒，或置於案頭，或擱放書架，隨時與我對望。兒子記事後看到那些相片裡的我，不敢相信那是我，非常驚訝於媽媽也曾那麼小過，他叫那些相片裡的我「媽媽妹妹」，這麼給那個小女孩定了位。

有些老相片收藏在老相簿裡。翻開老相簿取下老相片以供編輯取去翻拍時，有幾頁相簿的厚紙葉竟然脫落於我手底下。那些五十年來被多次翻閱的厚紙葉，已不敵重疊手澤，以及時間重壓，以致分解散落。那些分解散落的厚紙葉具體解釋了時間的法則。在深深的感慨中，特別感激兩位編輯感知我對父母、老家、過去的依戀懷想，盡可能讓我在書裡留存了那些影像。

書中也收了一些有朋友、故人入鏡的照片，那可能不是，或一定不是他們最好的照片，但我只有那些，亦只能藉由那平面影像中的揚眉一笑，或凝眉注目，略略顯現其神采。

人生在世，相逢很不容易，我記下來的，有的在這書裡，有的沒在這書裡，不論在沒在這書裡，對我都是重要的。

在一邊朝前走，一邊朝後回望之間，書成不易，謝謝先生陳忠信在我書寫時，隨時以他超絕的記性提供我正確的資訊，補妥原來之不足，增添情節的華彩。幾年前他卸任立委後，有一天在家裡接到立法院長王金平寄來的公文一封，打開來看，是聘任他和其他卸任立委為「立法院最高顧問」的文書和一張證卡。這個頭銜讓我大大開了眼，那幾天一直喊他最高顧問。不過，編寫這本書時，我確實覺得他是這本書的最高顧問。願他早日盡情打開他超級豐富的大腦資料庫，寫完他已經在寫的，獨特的人生之書。

以撒．辛格有幾句話，曾經很打動父親過世後內心翻騰的我，讓我反覆揣想，並抄下來寄給獄中的陳忠信。大文學家是這樣說的：

天地合謀根除過去的一切，使它們化為灰塵。只有夢想家，在清醒時做夢的人，會喚回過去的陰影，會拿未紡的紗編織未結的網。

如果不想讓天地合謀根除過去的一切，我們，朋友，你和我，就要合力去喚回過去的陰影，還要紡紗，還要結網。

我小小的網，收存了一些過去，在這裡。

國家圖書館出版品預行編目 (CIP) 資料

時光悠悠美麗島：我所經歷與珍藏的時代 / 唐香燕作．──初版．── 臺北市：春山出版, 2019.09．──面；公分．──（春山文藝 002）ISBN 978-986-98042-1-9（平裝）

863.55　　108012924

Literati

春山文藝 002

時光悠悠美麗島

我所經歷與珍藏的時代

The Kaohsiung Incident, Not So Long Time Ago

作者　唐香燕
總編輯　莊瑞琳
責任編輯　夏君佩
行銷企劃　甘彩蓉
封面設計　謝佳穎
內文排版　極翔企業有限公司

出版　春山出版有限公司
地址　116 臺北市文山區羅斯福路六段 297 號 10 樓
電話　（02）2931-8171
傳真　（02）8663-8233
總經銷　時報文化出版企業股份有限公司
電話　（02）29066842
地址　桃園市龜山區萬壽路二段 351 號
製版　瑞豐電腦製版印刷股份有限公司

初版　2019 年 9 月
定價　380 元

填寫本書線上回函

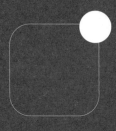

From Interest to Taste

以文藝入魂